译文经典

捕鼠器

The Mousetrap

Agatha Christie

〔英〕阿加莎·克里斯蒂 著

黄昱宁 译

上海译文出版社

《捕鼠器》1952 年首演节目单封面

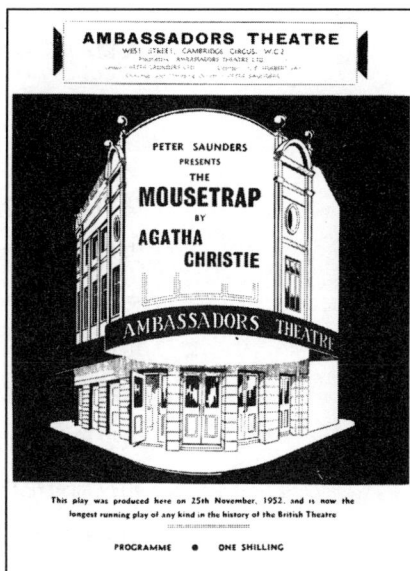

1958 年后的《捕鼠器》节目单封面

人物：（按出场顺序排列）

莫莉·拉尔斯顿

吉尔斯·拉尔斯顿

克里斯多弗·莱恩

鲍伊尔太太

梅特卡夫少校

凯思薇尔小姐

帕拉维奇尼先生

侦探特洛特巡佐

第一幕

第一场

场景：群僧井庄园大厅。向晚时分。

房子的模样谈不上古色古香，但似乎住过某个家族的好几代人，且家道渐衰。舞台中央靠后有一排高大的窗户，右后方一扇硕大的拱门通往门厅、前门和厨房，左侧的拱门直通楼上的卧室。左后方的楼梯口是书房的门；而左前方则是起居室的门；右前方是通往餐厅的门（在舞台上打开）。右侧有一个敞开的壁炉，舞台中后部的窗户下面是一张临窗休闲椅和一台取暖器。

大厅布置得像间休闲室。有几件上好的橡木老家具，包括舞台中后部靠窗的一张大餐桌，右后方门厅处的一只橡木柜子，以及左侧楼梯上的一只凳子。无论是窗帘，还是已经加好了配饰的家具——台中央靠左有张沙发，正中央有张扶手椅，右侧是张硕大的皮质扶手椅，右前侧摆着一张维多利亚式小扶手椅，一律破败寒酸，都是旧日款式。左侧有一副书桌与书柜相连的组合家具，上面搁着一台收音机和一部电话，边上还摆着一把椅子。舞台右后方靠窗处有一把椅子，壁炉上的乐谱架里塞着报刊杂志，沙发后摆了张半圆形小牌桌。壁炉上方的墙上有两只联动的壁灯，同明同灭，左侧的墙上有一只壁灯，而书房门左侧与门厅处也各有一只，彼此联动。右后方拱门左侧和左前方的门通往台口处均有双控开关，而右前方的门靠后台的一侧有一只单控开关。沙发后的桌上有一盏台灯。

幕启前，屋内灯光渐渐隐没，直到完全熄灭，《三只瞎老鼠》的音乐响起。

幕启，台上漆黑一团。音乐渐渐消失，取而代之的是尖锐的口哨，依旧是《三只瞎老鼠》的调子。响起一个女人颇具穿透力的惊呼，紧接着，男女声错杂入耳："我的上帝啊，那是什么啊？""往那条路跑了！""哦，上帝！"此后响起一声警笛，来自别处的警笛声相继加入，最后一切渐渐归于沉寂。

收音机里的人声：……据苏格兰场的消息，案发地是帕丁顿斑鸠街二十四号。

灯光打开，照亮群僧井庄园的大厅。时值黄昏，天眼看着就要黑了。透过舞台中后部的窗子，能看见雪下得很大。房子里生着火。紧挨着左侧拱廊的楼梯上斜靠着一块新漆的招牌，上面写着几个大字："僧井庄园旅社"。

收音机里的人声：被杀害的妇女是莫琳·利昂太太。根据此案线索，警方急欲审问一名在现场附近被人目击的男子，此人身穿一袭深色大衣，戴浅色围巾及一顶软毡帽。

（莫莉·拉尔斯顿自右后方拱门上。她二十多岁，是个身量高挑、相貌可人的年轻女子，一副天真纯朴的样子。她把手提包和手套放在台中央的扶手椅上，又把一个小包裹放进与书桌相连的柜子里。）

收音机里的人声：汽车驾驶者务必对结冰的路面提高警惕。预计大雪还将持续，全国各地将出现冰冻，尤其是苏格兰北部及东北部的沿海地带。

莫莉：（嚷）巴娄太太！巴娄太太！（她没听见回话，便走到台中央的扶手椅边，拿起她的手提包和一只手套，从右后方的拱门走出去。然后她脱掉大衣，再走回来）哇！真冷啊。（她走到右前方的门边，按门上方的双控开关，打开壁炉上方的壁灯。接着她来到窗前，摸了摸取暖器，再合上窗帘。然后她又走到沙发后的小桌前，打开台灯。她环视屋内，看了看斜靠在楼梯上的大招牌。她拿起招牌，把它斜靠在窗龛左侧的墙壁上。她一边往后退，一边点头)看起来真不错——哎呀！(她发现招牌上缺了一个"群"字)吉尔斯真够蠢的！(她看看表，又瞧瞧钟。)天哪！

(莫莉匆匆跑上左侧的楼梯。吉尔斯从右侧的前门上台。他也是二十多岁的年轻人，举止虽颇为傲慢，却不乏魅力。他跺跺脚，抖落身上的雪，随即打开橡木柜子，将随身带着的一个大纸包塞进去。接着他脱下大衣、帽子和围巾，走向前来，把它们扔到台中央的扶手椅上。然后他走到壁炉前暖暖手。)

吉尔斯：(嚷道)莫莉？莫莉？莫莉？你在哪里呀？

(莫莉自左侧拱门上。)

莫莉：(兴高采烈地)我在干这些活儿嘛，你这个傻帽儿。(穿过舞台走近吉尔斯。)

吉尔斯：哦，你在这儿哪——都交给我来对付吧。我来干司炉的活儿好不好?

莫莉:干完啦。

吉尔斯:(吻她)啊哈,宝贝儿。你的鼻子真凉啊。

莫莉:我刚进屋。(她走到壁炉前。)

吉尔斯:怎么啦? 你到哪里去了? 你总不会在这种天气里出门吧?

莫莉:我不过是到村子里去了一趟,买几样漏买的东西。你有没有买到养鸡用的铁丝网笼子?

吉尔斯:找不到合适的。(他坐到了台中央那把扶手椅的左扶手上)我还去了另一家集市,可那里也没什么像样的。整整一天都打了水漂喽。我的老天爷呐,我都快冻僵了。那汽车玩命地打滑。雪已经积得老厚了。你猜猜,明儿我们会不会让大雪给困住?

莫莉:哦,亲爱的,我真希望不会。(她走到取暖器前摸了摸。)只要管子别给冻起来就成。

吉尔斯：（站起身，走向莫莉）我们得让中央暖气的燃料一直都
保持在充足状态。（他摸了摸取暖器）哟，不太妙啊——
但愿他们能把炭给送来。我们的存货已经不多了。

莫莉：（走到沙发前，坐下）哦！我真希望一开张，样样事情就
能顺风顺水。第一印象有多要紧哪。

吉尔斯：（到沙发右侧）是不是样样事情都张罗好了？我估计，
一个客人都还没到吧？

莫莉：没有。感谢上帝。我想一切都已经到位啦。只是巴娄太
太一早就溜了。我估计她是害怕天气不妙。

吉尔斯：这些钟点工可真叫人讨厌。这么一来，样样事情都得
让你来承当了。

莫莉：还有你呀！咱们可是合伙的。

吉尔斯：（到壁炉前）只要你别让我做饭就行。

莫莉：（起身）不会，不会，那是我的拿手好戏。不管怎么说，
万一真给大雪困住了，咱们好歹还存着一点罐头呢。（走

近吉尔斯)哦，吉尔斯，你觉得样样都会好起来吧？

吉尔斯：脚都冷坏了，你呢？当初你姑妈把这地方留给你，咱们没把它给卖了，反而心血来潮，把这里弄成了一个家庭旅社，现在回想起来，你是不是挺后悔的？

莫莉：不，我才不后悔呢。我就喜欢这样。说到旅社，你来看看这个！（她指着招牌责备他。）

吉尔斯：（洋洋得意地）挺不错的呀，怎么啦？（转到招牌的左侧。）

莫莉：洋相出大啦！你还没看出来吗？你把"群"字给漏啦，"群僧井"变成"僧井"了！

吉尔斯：老天爷，真的呢！我是怎么回事啊？不过其实也没什么要紧啊，对吧？"僧井"也是个好名字嘛。

莫莉：你真丢人。（她走到书桌前。）还是去给中央暖气加点燃料吧。

吉尔斯：那可得从那个冰冷的院子里穿过去呢！唉！晚上的燃

料，我现在就去加好，行吗？

莫莉：不行，你得挨到晚上十点钟，或者十一点。

吉尔斯：真恐怖啊！

莫莉：抓紧时间吧。现在随时都会有人来的。

吉尔斯：你把所有的房间都安排停当了？

莫莉：是啊。（她在书桌前坐下，从桌上拿起一张纸。）鲍伊尔太太，住前面那间有四柱大床的屋子，梅特卡夫少校到蓝色的那间去，凯思薇尔小姐住东边的那间，至于莱恩先生嘛，就呆在那个有橡木家具的房间里好了。

吉尔斯（转到沙发桌右边）：我拿不准这些客人都是什么路数。咱们就不该预收点租金？

莫莉：哦，不，我想不用。

吉尔斯：玩这一套咱们就是不在行。

莫莉：他们都带着行李哪。但凡他们不掏钱，咱就把他们的行李扣下来嘛。易如反掌。

吉尔斯：我忍不住寻思，咱们应该去学点关于饭店经营的函授课程。我们肯定会有上当受骗的时候。没准儿他们的行李，就是一堆砖头，外面裹几层报纸，真要那样，我们该怎么办呢？

莫莉：从他们的来信地址看，都是好人家呢。

吉尔斯：这个嘛，那些带着假介绍信的用人们也办得到。这些人里头，搞不好有个把正在逃避警察追踪的犯人呢。（走到招牌前，把它拿起来。）

莫莉：只要他们每礼拜付咱们七个几尼，我才不在乎呢。

吉尔斯：你可真是个会做生意的厉害女人，莫莉。

（吉尔斯拿起招牌，从右后方拱门下。莫莉打开收音机。）

收音机里的人声：据苏格兰场的消息，案发地是帕丁顿斑鸠街二十四号。根据此案线索，警方——

（莫莉站起身，走到台中央的扶手椅边。）

    ——急欲寻找一名在现场附近被人目击的男子，此人身
穿一袭深色大衣——

（莫莉拿起吉尔斯的大衣。）

    ——戴浅色围巾——

（莫莉拿起他的围巾。）

    ——及一顶软毡帽。

（莫莉拿起他的帽子并从右后方拱门下。）

    汽车驾驶者务必对结冰的路面提高警惕。

（门铃响起）

    预计大雪还将持续，全国各地……

（莫莉上，走到桌边，关掉收音机，急匆匆地从右后方拱

门下。)

莫莉：(幕后)您好。

克里斯多弗：(幕后)太感谢您了。

(克里斯多弗·莱恩拎着一只手提箱从右后方拱门上台，然后把箱子搁在大餐桌右侧。他是个看起来狂野不羁，还有点神经兮兮的小伙子。他的头发又长又乱，戴着艺术气息浓厚的机织领带。从他的谈吐举止看，此人很容易相信别人，简直是稚气十足。莫莉上，走到舞台中后部。)

这天气太糟糕了。我叫的出租车到大门口就停下来不肯开了。(他横穿过舞台，把帽子放到沙发后的小桌上。)他不乐意试着开到车道上来。一点儿运动细胞都没有。(一边说一边走近莫莉)您是拉尔斯顿太太吧？见到您真高兴！我姓莱恩。

莫莉：您好啊，莱恩先生。

克里斯多弗：您知道您的模样完全出乎我的想象。我一直把您想象成印度退役将军的遗孀。我以为您是那种冷漠无情的贵妇人，整栋房子里摆满了贝拿勒斯①铜器。可是，这里其实美极了。（绕过沙发，走到小牌桌左侧）——真是美极了。瞧这比例，多有意思。（指着桌子）这是个仿制品！（指着沙发后的牌桌）啊，不过这张牌桌是真货。我简直要爱上这个地方啦。（他从中央的扶手椅前走过）您有没有风蜡花②，有没有极乐鸟③?

莫莉: 我恐怕没有。

克里斯多弗: 真可惜！那么，你们有没有餐具柜呢？就是那种桃花心木的餐具柜，像李子一样的紫色，刻着又大又结实的水果。

莫莉: 是，我们有——在餐厅里。（她朝右前方的门瞥了一眼。）

克里斯多弗: （循着她的目光望去）在这里吗？（他走到右前方，打开门。）我一定得看看。

---

① 印度东北部城市瓦腊纳西的旧称。
② Wax flower，又名蜡花、淘金彩梅，原产澳大利亚。
③ Bird of Paradise，又名天堂鸟，盛产于巴布亚新几内亚，约 500 年前被引入欧洲，以羽毛色彩艳丽著称。

（克里斯多弗从餐厅下，莫莉跟在他身后。吉尔斯从右后方的拱门上台。他环顾四周，把手提箱细细打量了一番。吉尔斯听到餐厅里有人说话，便从右后方退下。）

莫莉：（幕后）到这里来吧，你好暖和暖和。

（莫莉从餐厅上，克里斯多弗跟在她身后。莫莉走到台中央。）

克里斯多弗：（一边上台一边说）真是尽善尽美。实实在在、不折不扣的体面人家。可是，为什么不在正中摆一张桃花心木大餐桌呢？（看看右边）小桌子把整体效果都给破坏了。

（吉尔斯从右后方上，站在右边的皮质大扶手椅的左侧。）

莫莉：我们觉得客人会更喜欢现在这样——这位是我先生。

克里斯多弗：（走近吉尔斯，和他握手）您好。天气真糟糕，不是吗？弄得人好像回到了狄更斯时代，想起老吝啬鬼斯克鲁奇，还有那个招人烦的小蒂姆①。真够虚幻

---

① 斯克鲁奇和小蒂姆均为狄更斯小说《圣诞欢歌》中的著名人物。

的。(他转向壁炉)当然啦,拉尔斯顿太太,关于小桌子,您说的一点儿没错。我呀,刚才忙着怀旧,一时不能自拔了。如果您当真有那么一张桃花心木的大餐桌,那么围桌而坐的就非得是这么一家子人才对。(他转向吉尔斯)父亲得是既严厉又俊朗的,留着胡须的那种;母亲生了一大堆孩子,自己却日渐憔悴;孩子有十一个,什么年纪的都有;有个一本正经的家庭女教师;还有一位,别人管他叫"可怜的哈里特",是他们家的穷亲戚,平时也就干点杂活什么的,能傍上这么个好人家,他可真是感激不尽啊。

吉尔斯:(对此人颇为讨厌)我替您把箱子拿上楼吧。(他拎起手提箱。对莫莉)你是不是说"橡木房"来着?

莫莉:没错。

克里斯多弗:我真希望房间里有张带四根柱子的大床,上面铺着玫瑰印花布。

吉尔斯:那房间里没这种床。

(吉尔斯拎着手提箱从左后方楼梯下。)

克里斯多弗：我相信您先生不会喜欢我。（朝莫莉挪了几步）你们结婚多久了？你们爱得深不深？

莫莉（冷冰冰地）：我们结婚刚一年。（向左侧楼梯走去）也许您想上去看看自己的房间？

克里斯多弗：挨骂了！（他从沙发桌后走过。）但是，我真是很乐意知道别人的一切。我是说，我觉得人真是太有意思了。您觉得呢？

莫莉：哦，我觉得吧，有些人还算有点意思（边说边转向克里斯多弗），有些人就没什么意思。

克里斯多弗：不，我不同意。每个人都有意思，因为不管是谁，您永远都不会真正弄清楚他们到底是什么样的人——他们到底在想点什么。比如，您就不知道我现在想什么，是吗？（他笑起来，那神情仿佛想到了哪个不为人知的笑话。）

莫莉：一点也不知道。（她走到沙发后的小桌前，从上面的盒子里拿出一根香烟）要烟吗？

克里斯多弗：不，谢谢您。（走到莫莉右边）您知道吗？只有艺术家才能真正弄懂别人的底细——而他们也不知道自己为什么弄得懂！不过，如果他们是肖像画家（他走到中央），这种理解就会表现在——（他坐到沙发的右扶手上）画布上。

莫莉：那您是个画家？（她点燃香烟。）

克里斯多弗：不，我是个建筑师。我的父母，您知道，替我取名叫克里斯多弗，就是希望我能当个建筑师。就跟大建筑师克里斯多弗·莱恩[①]一个样！（他笑起来）好像这么一来我就成功了一半似的。事实上，可想而知啦，为了这个人人都笑话我，拿圣保罗大教堂跟我寻开心。不管怎么说——谁知道呢？——说不定我真能笑到最后。

（吉尔斯从左后方拱门上，横穿舞台走到右后方拱门。）

小克里斯多弗·莱恩建造的"预制装配式安乐窝"没准能流芳百世！（对吉尔斯）我会喜欢上这块地方的。我发

---

① Sir Christopher Wren（1632—1723），英国建筑师、天文学家和数学家。伦敦大火（1666）后设计了圣保罗大教堂，还有许多宫廷建筑、图书馆和府邸等。

现您太太非常善解人意。

吉尔斯：（冷淡地）确实如此。

克里斯多弗：（转身看莫莉）而且还真的很漂亮。

莫莉：哦，太离谱啦。

（吉尔斯斜靠着大扶手椅的椅背。）

克里斯多弗：瞧啊，这不就是典型的英国女人吗？只要听到恭
　　　维话就浑身不自在。欧洲大陆上的女人觉得听奉承话是
　　　理所应当，可英国女人呢，所有的女人味都给她们的丈
　　　夫榨干压平了。（他转身瞟瞟吉尔斯）英国的丈夫呀，总
　　　有那么点五大三粗的味道。

莫莉：（心急慌忙地）上来看看您的房间吧。（她走到左后方
　　　拱门。）

克里斯多弗：我能去吗？

莫莉：（对吉尔斯）你能给锅炉加点料吗？

（莫莉和克里斯多弗从左后方楼梯下。吉尔斯怒气冲冲地走到台中央。门铃大作。稍停片刻，又不耐烦地狠狠响了几声。吉尔斯赶紧到右后方，从前门下。片刻之间，只听得屋外风雪交加。）

鲍伊尔太太：（幕后）我猜，这就是群僧井庄园吧？

吉尔斯：（幕后）没错……

（鲍伊尔太太从右后方拱门上，拎着一只手提箱，拿着几本杂志和她的手套。她是个身形高大、气势汹汹的女人，脾气很糟糕。）

鲍伊尔太太：我是鲍伊尔太太。（她放下手提箱。）

吉尔斯：我是吉尔斯·拉尔斯顿。到壁炉边来暖暖身子吧，鲍伊尔太太。

（鲍伊尔太太走到壁炉前。）

　　天气真糟糕，不是吗？您只有这一件行李？

鲍伊尔太太：别的行李嘛，有一位少校——是不是叫梅特卡夫来着？——正照看着呢。

吉尔斯：我去给他留门。

（吉尔斯起身去前门。）

鲍伊尔太太：出租车不肯冒险开到车道上来。

（吉尔斯回来，走到鲍伊尔太太左侧。）

出租车在大门口就停下了。我们俩只能拼一辆出租车，从火车站开过来——车太难叫了。（兴师问罪）看起来，你们可没有订好车来接我们。

吉尔斯：真对不起。我们不知道你们乘的是哪一班，您瞧，否则的话，当然啦，我们肯定会派个什么人——呃——来接的。

鲍伊尔太太：每班车都该有人接才对。

吉尔斯：我来帮您拿大衣。

（鲍伊尔太太将杂志和手套递给吉尔斯。她站在火边暖手。）

　　　　　我太太立马就来。我去给梅特卡夫少校搭把手，把那些
　　　　　包裹搬进来。

（吉尔斯从右后方下，去前门。）

鲍伊尔太太：（起身跟着吉尔斯往拱门走）至少也该把车道上的
　　　　　积雪给清理掉啊。（待他下台后）真是又潦草，又随便。
　　　　　（她走到壁炉前，不以为然地环顾四周。）

（莫莉从左侧楼梯匆忙上台，有点儿气喘吁吁）

莫莉：真对不起，我……

鲍伊尔太太：是拉尔斯顿太太吗？

莫莉：是啊。我……（她走到鲍伊尔太太身边，手刚伸出去又缩
　　　　　回来，她吃不准一家旅社的老板到底应该怎么做。）

（鲍伊尔太太老大不高兴地打量着莫莉。）

鲍伊尔太太：你很年轻啊。

莫莉：年轻?

鲍伊尔太太：要经营这样的产业，你可是显得太年轻了。你不可能有那么老到的经验。

莫莉：（节节后退）可是凡事总得有个开头哇，不是吗?

鲍伊尔太太：我明白了。压根就是新手嘛。（她往四下看看）这房子可真是有年头了。但愿你们的房子没染上干腐病①。（她狐疑地抽抽鼻子。）

莫莉：（怒火中烧）当然没有!

鲍伊尔太太：好多人的房子得了干腐病还浑然不觉，等后来发现了，为时晚矣。

莫莉：这房子的状况尽善尽美。

---

① 由真菌引起木材、土豆等干腐。

鲍伊尔太太：嗯——可能需要上一层保护漆。你知道，这橡木生虫了。

吉尔斯：（幕后）这边请，少校。

（吉尔斯和梅特卡夫少校从右后方上。梅特卡夫少校是个中年男子，肩膀宽阔，举手投足之间，一派军人风范。吉尔斯走到台中央。梅特卡夫少校放下手中的箱子，走向中央的扶手椅。莫莉上前和他打招呼。）

这是我太太。

梅特卡夫少校：（与莫莉握手）您好。外面真是风急雪大啊。有那么一会儿工夫，我都以为咱们挨不到这里呢。（他看见鲍伊尔太太）哦，请您原谅。（他脱下帽子）

（鲍伊尔太太从右前方下。）

再这么下去，我敢说，到明儿早上积雪会有五六英尺厚。（走到壁炉前）自打我 1940 年退伍以后，还从来没见过这般阵势呢。

吉尔斯：我把这些拿上去。（拎起手提箱。冲着莫莉）哪个房间
　　　　来着？那个蓝色的，还是玫瑰红的？

莫莉：不——我把莱恩先生安置到了玫瑰红的那间。他实在是
　　　喜欢那张带四根柱子的大床。这么一来，鲍伊尔太太就
　　　住有橡木家具的那一间，至于少校嘛，就住蓝色的那间
　　　好了。

吉尔斯：（以命令的口气）少校？（他向左侧楼梯的方向走去）

梅特卡夫少校：（出于军人的本能）是，先生！

（梅特卡夫跟在吉尔斯身后从左侧楼梯下。鲍伊尔太太从右前
方上，走到壁炉前。）

鲍伊尔太太：你们这里找用人是不是挺难的？

莫莉：我们找了一个挺好的本地女人，从村里过来。

鲍伊尔太太：那么有没有常住员工呢？

莫莉：没什么常住的员工。就我们俩。（她走到中央扶手椅的

左侧。）

鲍伊尔太太：真——的啊。我本来以为这里是一家各类服务一
　　　应俱全的家庭旅社呢。

莫莉：我们才开张。

鲍伊尔太太：我得说，这种旅社开张以前，就该雇一批称职的
　　　用人，这是基本条件。我觉得你们的广告完全是在误
　　　导。我能不能打听打听，这里就我一个客人吧——还有
　　　梅特卡夫少校，是不是就我们俩？

莫莉：哦，不对，这里有好几位呢。

鲍伊尔太太：这天气，也真是的。一场暴风雪（她转向壁
　　　炉）——天哪——样样都那么倒霉。

莫莉：天气的事我们可算不准！

（克里斯多弗·莱恩从左侧楼梯静悄悄地走上来，转到莫莉
身后。）

克里斯多弗：（唱）

"北风呼啦啦，

吹来大雪花。

知更鸟儿真可怜

它有啥办法？"

我可喜欢童谣啦，你们说呢？童谣总是那么富有悲剧色彩，那么充满死亡气息。所以孩子们才会喜欢。

莫莉：我来介绍一下吧。莱恩先生——鲍伊尔太太。

（克里斯多弗一躬身。）

鲍伊尔太太：（冷冷地）你好。

克里斯多弗：这房子真是漂亮。您不觉得吗？

鲍伊尔太太：在如今这年头，对于一家商业机构而言，舒不舒服，可比漂不漂亮要紧。

（克里斯多弗转身向右后方走去。吉尔斯从左边楼梯上，站在拱门前。）

　　如果我先前就能认定这一家的管理有漏洞，我压根儿就不会来。我还以为，那些个平凡人家的舒适温馨，这里全都有呢。

吉尔斯：如果您觉得不满意，那没有什么义务非留下来不可呀，鲍伊尔太太。

鲍伊尔太太：（走到沙发右侧）不，我可不会考虑这么做。

吉尔斯：如果您有什么误会的话，也许最好还是另找个地方。我可以打电话叫辆出租车送您回去。趁现在路还没给雪封住。

（克里斯多弗往前走，坐到中央的扶手椅上。）

　　要求到这里来的人多了，若是想找个人来住您那个房间，那对我们可是易如反掌的事。不管怎么说，我们下个月都是要涨房钱的。

鲍伊尔太太：我还没试试这里到底怎么样呢，在此之前我当然不会立马就走。你也不必现在就寻思着把我赶出去。

（吉尔斯往左前方走。）

拉尔斯顿太太，或许你能把我带到楼上去看看我的卧室？（她庄重地朝左侧楼梯走去。）

莫莉：当然可以，鲍伊尔太太。（她跟在鲍伊尔太太身后。从吉尔斯身边经过时，柔声说）亲爱的，你真了不起……

（鲍伊尔太太和莫莉从左侧楼梯下。）

克里斯多弗：（站起身，孩子气十足）我看她真是个可怕的女人。我一点儿都不喜欢她。我倒是很乐意看着您把她赶到雪地里去。她活该。

吉尔斯：这个乐子呀，恐怕我是只能放弃了。

（门铃大作。）

上帝啊，又来一个。

（吉尔斯去前门。）

（幕后）请进，请进。

（克里斯多弗走到沙发跟前坐下来。凯思薇尔小姐从右后方上。
她是个颇有男子气概的年轻女人，手里拎着箱子。她身穿深色
长大衣，戴一条浅色围巾，没戴帽子。吉尔斯上。）

凯思薇尔小姐：（嗓音低沉，听上去像男人在说话）我那辆车怕
　　　是抛锚了，大概离这儿半英里远——卡在雪堆里了。

吉尔斯：这个让我来。（他拎起她的箱子，把它搁在大餐桌右
　　　边。）您车里还有别的东西吗？

凯思薇尔小姐：（边说边走到壁炉跟前）没了，我出门向来行李
　　　不多。

（吉尔斯从中央的扶手椅后走过。）

　　　哈，真高兴看到你们生了这么旺的火。（她就像男人一样
　　　叉开双腿站在壁炉前。）

吉尔斯：唔——这位是莱恩先生——这位小姐是——？

凯思薇尔小姐：凯思薇尔。（她冲着克里斯多弗点点头。）

吉尔斯：我太太马上就下来。

凯思薇尔小姐：不用着急。（她脱掉大衣）我自己先得暖和暖
　　　和。看样子你们这里就要给雪封起来啦。（从大衣口袋里
　　　取出一份晚报）天气预报说还有强降雪呢。还说驾车者
　　　务必提高警惕什么的。但愿你们有充足的食物储备。

吉尔斯：哦，没问题。我太太在经营管理上可是个行家里手。
　　　无论如何，自家养的鸡咱们总可以吃吧。

凯思薇尔小姐：然后咱们就你吃了我、我吃了你？

（她刺耳地大笑，脱下大衣扔给吉尔斯，后者接过去。她坐上台
中央的扶手椅。）

克里斯多弗：（站起来走到壁炉前）报纸上还有别的新闻
　　　吗？——除了天气预报之外？

凯思薇尔小姐：老一套的政治危机呗。啊，对了，还有一桩很刺激的谋杀案。

克里斯多弗：谋杀案?（转向凯思薇尔小姐）噢，我喜欢谋杀案!

凯思薇尔小姐：（把报纸递给他）看样子他们认为是个杀人狂干的。他在帕丁顿附近把一个女人给扼死了。我猜，是个色情狂。（她看着吉尔斯。）

（吉尔斯走到沙发后的小桌左侧。）

克里斯多弗：报上也就寥寥数语，是吧?（他坐在右边的小扶手椅上读报）"警方急欲审问一名在斑鸠街附近被目击的男子。此人中等身材，穿深色大衣，戴浅色围巾及软毡帽。警方关于此人特征的信息已在广播中发布了一整天。"

凯思薇尔小姐：这描述可真管用哦。什么人都对得上号，不是吗?

克里斯多弗：说警方急欲审问某某人，算不算是在客客气气地暗示，那某某人就是凶手呢?

凯思薇尔小姐: 有可能。

吉尔斯: 那个叫人给谋杀了的女人是谁呀?

克里斯多弗: 利昂太太，莫琳·利昂。

吉尔斯: 年纪大不大?

克里斯多弗: 报上没说。看样子不是谋财害命……

凯思薇尔小姐: (对吉尔斯)我跟您说过——是色情狂。

(莫莉从楼梯上下来，向凯思薇尔小姐走去。)

吉尔斯: 莫莉，这位是凯思薇尔小姐。这是我太太。

凯思薇尔小姐: (站起身)您好。(热情地与莫莉握手。)

(吉尔斯拎起她的箱子。)

莫莉：今天晚上太可怕了。您要不要上楼到您的房间去？如果您想洗澡的话，水热着呢。

凯思薇尔小姐：您说得对。我是想洗个澡来着。

（莫莉和凯思薇尔小姐从左侧楼梯下。吉尔斯提着箱子跟在她们身后。就剩下克里斯多弗一个人，他站起来东看看西瞅瞅。他打开左前方的门，往里头瞥了一眼，然后从这扇门走出去。过了一会儿，他又在左侧楼梯口露面。他走到右后方拱门，向外望望。他唱起童谣《小杰克·霍纳之歌》，自顾自地吃吃直笑，让人觉得，他多少有点儿神经错乱。他从大餐桌后走过。吉尔斯与莫莉一边从左侧楼梯上，一边说话。克里斯多弗藏在窗帘后面。莫莉走到中央扶手椅后，吉尔斯走到大餐桌右侧。）

莫莉：我得赶紧到厨房忙活去。梅特卡夫少校很和善。他应该不难相处。让我害怕的是鲍伊尔太太。我们一定要准备一顿丰盛的晚餐。我想开两听碎牛肉煮麦片，外加一听豌豆，再弄点土豆泥。还有炖无花果加奶油冻。你觉得这样行不行？

吉尔斯：哦——应该过得去。就是不够——不够出奇制胜。

克里斯多弗：（从窗帘后出来，横到莫莉和吉尔斯中间）让我来帮忙吧。我可喜欢做菜了。为什么不煎个蛋呢？蛋您总是有的吧，对吗？

莫莉：哦，对，蛋我们有的。我们养了好多好多家禽。虽说下蛋还不够勤快，可我们好歹存了一大堆蛋。

（吉尔斯突然拔腿往左侧走。）

克里斯多弗：假如您有一瓶廉价酒，哪种酒都行，您可以加一点到——"碎牛肉煮麦片"里去，您是不是说过要做这一道的？这么一加，就替这道菜添上了欧陆风味。您带我瞧瞧厨房在哪里，给我看看厨房里各样物件都放在哪里，我敢担保，我肯定会有灵感冒出来。

莫莉：来吧。

（莫莉和克里斯多弗出右侧拱门下，往厨房方向去。吉尔斯皱起眉，嘴里突然冒出几句对克里斯多弗的不敬之词，然后走到右侧小扶手椅边。他拿起报纸，站在那里全神贯注地看。等莫莉走回房间开口说话时，他一下就跳了起来。）

他不是挺讨人喜欢的吗？（她从沙发后的小牌桌后面走过）他已经把围裙都给系上了，所有的活儿都包圆了。他说统统交给他好了，半个钟头以内不用回去。但凡咱们的客人都乐意自己做饭，咱们能省掉多少麻烦啊。

吉尔斯：你到底为什么要把最好的房间给他？

莫莉：我跟你说过，他喜欢带四根柱子的大床。

吉尔斯：他喜欢漂亮的四柱大床。这个蠢货！

莫莉：吉尔斯！

吉尔斯：我可不喜欢这种人。（意味深长地）你没拎过他的手提箱吧，我可是拎了。

莫莉：里面难道搁了砖头？（她走到中央的扶手椅坐下。）

吉尔斯：根本就没什么分量。要是你问我的感觉，我得说那里面什么都没有。他弄不好是那些个专门到饭店里招摇撞骗的小伙子。

莫莉：我才不信呢。我满喜欢他的。（稍停）我倒觉得凯思薇尔小姐的路子很怪，你呢？

吉尔斯：可怕的女人——如果她还算个女人的话。

莫莉：看起来挺糟糕的，咱们的客人要么惹人烦，要么招人怪。不管怎么说，我看梅特卡夫少校还不错，你觉得呢？

吉尔斯：他没准儿酗酒呢。

莫莉：哦，你这么想啊？

吉尔斯：也不是。我就是觉得挺丧气的。行啦，不管怎么说，眼下最糟糕的局面咱们也算是见识过了。他们都到齐啦。

（门铃响起来。）

莫莉：那又是谁呢？

吉尔斯：也许是斑鸠街上的那个杀人犯。

莫莉：（站起身）别去！

（吉尔斯从右后方下，至前门。莫莉走到壁炉边。）

吉尔斯：（幕后）噢。

（帕拉维奇尼先生跟跟跄跄地从右后方上台，手里提着一个小包。他是个外国人，皮肤黝黑，上了点年纪，长着一撇漂亮的小胡子。他长得挺像赫尔克里·波洛，只是个子更高，因而有可能给观众造成错觉。他身穿一袭厚厚的毛皮大衣。他斜靠在拱门左侧，放下包。吉尔斯上。）

帕拉维奇尼：万分抱歉。我这是——我在哪里啊？

吉尔斯：这儿是群僧井庄园家庭旅社。

帕拉维奇尼：哎呀那真是撞了大运！夫人！（他走向莫莉，举起她的手亲吻。）

（吉尔斯从中央的扶手椅后面走过。）

　　祷告就是这么灵验。家庭旅社——还有一个叫人着迷的老板娘。我那辆劳斯莱斯，唉，陷进一个雪堆里动弹不了啦。到处都是让人头晕目眩的雪啊。我都不知道自己身在何处。我跟自己说，弄不好我要给冻死啦。然后我拎着一只小包，在雪地里跌跌撞撞，瞧见了大铁门。有人住在这里！真是绝处逢生。我走到你们的车道上，在雪地上连跌两跤，不过好歹我还是到啦，那么一眨眼工夫（往四下里看看）绝望就变成了欢乐。（换了种口气）你们能给我安排一个房间的——是吧？

吉尔斯：哦，可以……

莫莉：恐怕，只有一间很小的了。

帕拉维奇尼：顺理成章——顺理成章嘛——你们总归有别的客人嘛。

莫莉：我们这个家庭旅社，也是打今儿起才开张的，所以我们——我们样样都还在摸索着呢。

帕拉维奇尼：（向莫莉暗送秋波）光彩照人——光彩照人……

吉尔斯：您的行李怎么办？

帕拉维奇尼：那倒不要紧。我已经把车给锁严实了。

吉尔斯：话虽如此，总是把它拿进来比较好吧?

帕拉维奇尼：用不着，用不着。（他走到吉尔斯右侧。）我敢向
    您担保，在这样的夜晚，哪里都不会有小偷的。至于我
    嘛，要求很简单啊。凡是我需要的，我都有啊——在这
    里——在这个小包里。没错，我需要的都有啦。

莫莉：您最好让自己好好暖和一下。

（帕拉维奇尼走到壁炉前。）

    我去瞧瞧您的房间。（她走到台中央的扶手椅边。）房间
    朝北，怕是冷得慌，可是别的房间统统有人住下了。

帕拉维奇尼：如此说来，你们有好几个客人喽?

莫莉：有鲍伊尔太太、梅特卡夫少校，还有凯思薇尔小姐和一
    个叫克里斯多弗·莱恩的小伙子——现在嘛——您又
    来了。

帕拉维奇尼：是啊——一个不速之客。一个您不请自来的客人。一个刚刚抵达的客人——不知来自何方——还顶着暴风雪。听起来挺有戏剧性的，不是吗？我是谁呢？您不知道。我从哪里来？您不知道。我呀，我就是个神秘人物。（他笑起来）

（莫莉笑起来，看看吉尔斯，后者有气无力地咧嘴一笑。帕拉维奇尼兴高采烈地朝莫莉点点头。）

不过，现在，我能告诉你们一句话。到我这里，事情就算了结啦。从现在开始，再不会有人来。也再不会有人走。从明天——说不定现在已经开始啦——我们就跟文明世界一点瓜葛都没有啦。不会有卖肉的，不会有烤面包的，不会有送牛奶的，不会有邮递员，也不会有日报——不管是什么人，什么物件，都来不了，只剩下我们自己啦。妙不可言——妙不可言啊。我真是没法再满意的了。顺便说一句，我的名字，叫帕拉维奇尼。（他走到右侧小扶手椅边。）

（吉尔斯走到莫莉左侧。）

帕拉维奇尼：是拉尔斯顿先生和拉尔斯顿夫人吧？（看到他们认

同，他也点点头。他环视四周，走到莫莉右侧）这是——
按您的说法，这就是群僧井庄园家庭旅社？好，群僧井
庄园家庭旅社。（他笑起来）尽善尽美。（他笑）尽善尽
美。（他笑着走向壁炉）

（莫莉看着吉尔斯。就在他们俩心神不定地望着帕拉维奇尼的
当口，幕落。）

第二场

场景：同前。次日下午。

幕启，雪已停，但能看见紧靠着窗口的高高的雪堆。梅特卡夫少校坐在沙发上看一本书。鲍伊尔太太坐在壁炉前的大扶手椅上，把便笺垫在膝盖上写字。

鲍伊尔太太：他们没告诉我这地方才开张，我觉得这样很不老实。

梅特卡夫少校：哦，万事都有个开头嘛。今儿的早餐就很丰盛啊。咖啡不错。还有炒鸡蛋啊，自家做的果酱啊。服务也挺周全。全是那小女人一手操办的。

鲍伊尔太太：也就业余水准吧——这儿应该雇一批正规的职员。

梅特卡夫少校：午餐也很丰盛嘛。

鲍伊尔太太：罐头腌牛肉而已。

梅特卡夫少校：不过这罐头腌牛肉经过一番乔装打扮，挺像那么回事的。里头洒了红酒呢。拉尔斯顿太太答应今晚给我们做馅饼。

鲍伊尔太太（起身，走到取暖器跟前）：这些取暖器根本就不热。这事我得提一提。

梅特卡夫少校：床也挺舒服的。至少我的床是这样。希望您的床也一样。

鲍伊尔太太：算是过得去吧。（回到右边的大扶手椅边，坐下来）我真不明白为什么最好的卧室就得给那个稀奇古怪的小伙子。

梅特卡夫少校：他赶在我们前头到啊。先到先得嘛。

鲍伊尔太太：当初光看广告，我可是把这地方完全想成了另外一副样子。有一个舒舒服服的写字间，总面积也比现在大得多——得有桥牌，还有别的可以找乐子的玩意儿。

梅特卡夫少校：无非是那些长舌妇喜欢的玩意罢了。

鲍伊尔太太：您说什么来着?

梅特卡夫少校：哦——我是说，嗯，我很理解您的意思。

（克里斯多弗从左侧的楼梯上）

鲍伊尔太太：不，说真的，我在这里不会呆很久的。

克里斯多弗：（大笑）是啊，是啊。我想您是呆不久的。

（克里斯多弗从左后下，进书房。）

鲍伊尔太太：那真是个莫名其妙的小伙子。神经不太正常，对
　　　　　　　此我一点儿都不怀疑。

梅特卡夫少校：没准他是从疯人院里逃出来的呢?

鲍伊尔太太：毫无疑问。

（莫莉从右后方拱门上）

莫莉：（向楼上喊）吉尔斯!

吉尔斯：（幕后）怎么啦？

莫莉：你能把后门那边的雪给铲掉吗？

吉尔斯：（幕后）来啦。

（莫莉从拱门下）

梅特卡夫少校：我来帮个忙吧，行不行？（站起身，穿过右后方拱门）用这个来练练身体，挺好的。是得锻炼一下啦。

（梅特卡夫少校下。吉尔斯下楼，经客厅，自右侧拱门下。莫莉携尘掸一根、吸尘器一台上，穿过客厅，跑步上楼。跟正好下楼的凯思薇尔小姐撞个满怀。）

莫莉：对不起！

凯思薇尔小姐：没关系。

（莫莉下。凯思薇尔小姐徐徐行至台中央。）

鲍伊尔太太：真是的！这小女人真是不可理喻！她不晓得该怎

么做家务活么？拎着个吸地毯的机器在客厅里头横冲直撞。后面难道没有楼梯么？

凯思薇尔小姐：（从手提包中掏出一支烟）哦，可不是——楼梯还挺漂亮的。（走近壁炉）屋里只要有个壁炉，就很方便。（将烟点燃）

鲍伊尔太太：不用白不用嘛！不管怎么说，所有的家务活儿，都应该在早上干，赶在午餐前弄完。

凯思薇尔小姐：我猜我们的老板娘要忙着做午饭了。

鲍伊尔太太：样样都搞得这么随心所欲，这么外行。这儿就该雇一批正规的用人。

凯思薇尔小姐：现如今这也不太容易啊，不是吗？

鲍伊尔太太：其实也不见得，反正下等人看起来就是没什么责任心。

凯思薇尔小姐：可怜的下等人。他们总有点桀骜不驯，不是吗？

鲍伊尔太太：（冷冷地）我猜你是个社会主义者。

凯思薇尔小姐：哦，我可不这么想。我可不是什么赤色分子——就是有点粉红而已。（走到沙发前，坐在右边的扶手上）不过我对政治不怎么感兴趣——我住在国外。

鲍伊尔太太：我想国外的条件要好得多。

凯思薇尔小姐：我用不着做饭也用不着打扫——我猜在这个国家，这些活儿大多数人都得干。

鲍伊尔太太：这个国家如今正悲悲切切地走下坡路呢。真是今非昔比。去年我把自己的房子都给卖了。样样都不容易。

凯思薇尔小姐：还是住在宾馆和旅社里比较好。

鲍伊尔太太：这些地方确实能帮人解决不少问题。你会在英国呆很久吗？

凯思薇尔小姐：看情况吧。我有点事情要处理。等完事以后——我就会回去。

鲍伊尔太太：回法国？

凯思薇尔小姐：不是。

鲍伊尔太太：意大利？

凯思薇尔小姐：不是。（她咧开嘴笑起来）

（鲍伊尔太太好奇地看着凯思薇尔小姐，后者却没有答腔。鲍伊尔太太开始写字。凯思薇尔小姐一边看她，一边笑，她走到收音机边将它打开，起初声音很轻，她提高了音量。）

鲍伊尔太太：（颇为气恼，因为她在写字）你别开这么响好不好？我总觉得，但凡想要写信的时候听到收音机吵吵嚷嚷，就会心烦意乱。

凯思薇尔小姐：真的么？

鲍伊尔太太：假如你眼下不是特别想听的话……

凯思薇尔小姐：这是我最喜欢的音乐啊。那儿有张写字台。（她朝左后方的书房门点点头）

鲍伊尔太太：我知道。不过这里要暖和多了。

凯思薇尔小姐：是暖和多了，我同意。（她随着音乐起舞）

（鲍伊尔太太朝她怒目而视，挨了一会儿，终究起身离去，走进左后方的书房。凯思薇尔咧开嘴笑了，走到沙发后的牌桌跟前，捻熄她的烟。她往后台方向走去，到大餐桌前拿起一本杂志。）

　　　　这该死的老母狗。（走到大扶手椅前，坐下。）

（克里斯多弗自左后书房上，往前走向左侧。）

克里斯多弗：喔！

凯思薇尔小姐：好呀。

克里斯多弗：（朝身后的书房指指画画）不管我跑到哪里，那女
　　　人好像总会追过来似的——还冲着我瞪眼睛——显然是
　　　在瞪眼睛嘛。

凯思薇尔小姐：（指指收音机）关轻点儿。

（克里斯多弗将收音机音量关小，直到那声音细若游丝。）

克里斯多弗：行了吗?

凯思薇尔小姐：喔，行了，反正它已经功德圆满了。

克里斯多弗：什么功德?

凯思薇尔小姐：是策略，小家伙。

（克里斯多弗一脸困惑。凯思薇尔小姐指指书房。）

克里斯多弗：喔，您是说她呀。

凯思薇尔小姐：她老霸着最好的椅子，现在让我给弄到了。

克里斯多弗：您把她赶走啦。我真高兴。高兴极了。我一点儿
　　　都不喜欢她。（快步挨近凯思薇尔小姐）我们想个法子惹
　　　毛她，好不好? 我巴不得她能从这里滚出去!

凯思薇尔小姐：在这样的天气里啊? 没戏。

克里斯多弗：可以等雪化了呀。

凯思薇尔小姐：哦，在雪融化之前，说不定要出好多事儿呢。

克里斯多弗：对——对——这倒是真的。（到窗前）雪真是挺美的，不是吗？那么安静——那么纯洁……能叫人把一切都忘记。

凯思薇尔小姐：它可不能让我把一切都忘记。

克里斯多弗：你这口气真叫人不舒服。

凯思薇尔小姐：我正在想事儿呢。

克里斯多弗：想什么？（他坐到临窗休闲椅上）

凯思薇尔小姐：想那卧室里的水壶上结了冰，磨破的冻疮淌着血——一条破破烂烂的薄毯子——有个孩子又冷又怕，瑟瑟发抖。

克里斯多弗：亲爱的，这听起来也太，太惨了——这是什么呀？一篇小说吗？

凯思薇尔小姐：您不知道我是个作家吗，嗯？

克里斯多弗：是吗？（他起身，向她走过去。）

凯思薇尔小姐：很抱歉让您失望了。其实我不是什么作家。（她
举起杂志挡住脸）

（克里斯多弗将信将疑地看看她，走到左边，把收音机里的声音
开得很响，下台往起居室方向去。电话铃响起。莫莉手里握着
尘掸，跑下楼梯接电话。）

莫莉：(拿起听筒) 喂？(她关上收音机) 是——这里是群僧井庄
园家庭旅社……什么？……不，恐怕拉尔斯顿先生现在
不能来听电话。这是拉尔斯顿太太在跟您说话。
谁……？伯克郡警察局……？

（凯思薇尔小姐把杂志放低）

哦，是，是。霍格本局长，恐怕这不可能吧。他根本没
来过这里呀。我们这里让大雪给困住啦。完全封死啦。
哪条路都不通啦……

（凯思薇尔小姐站起身，走到左后方的拱门处。）

什么东西都过不来啦……是啊……那好……可是，什么？……喂——喂……（搁下听筒）

（吉尔斯穿着一件大衣从右后方上。他脱下大衣，挂在客厅里。）

吉尔斯：莫莉，你知道哪里还有铲子吗？

莫莉：（到台中央）吉尔斯，警察局刚才来电话了。

凯思薇尔小姐：是不是惹上官司了，呃？没办许可证就卖酒了？

（凯思薇尔小姐从左后楼梯离去）

莫莉：他们派了一个警督或者巡佐之类的人来。

吉尔斯：（走到莫莉右侧）可他根本过不来啊。

莫莉：这个我跟他们说啦。可他们好像挺有把握的，说他肯定来得了。

吉尔斯：胡说八道。今天就连吉普车都开不进来。话说回来，
　　　　到底是什么事儿呢?

莫莉：我就是这么问的。可他不说，只是说要我先生记住，一
　　　定要格外留心听特洛特巡佐的话，我想，那意思就是说
　　　要绝对跟着他的指令行事。是不是挺不寻常的?

吉尔斯：（走到壁炉前）你寻思我们到底犯了什么事啦?

莫莉：（到吉尔斯左侧）你觉得会不会因为那些从直布罗陀买来
　　　的尼龙丝袜?

吉尔斯：我明明记得咱们已经拿到了无线电报发来的许可证
　　　　了，不是吗?

莫莉：是啊，证件就搁在厨房的碗柜里嘛。

吉尔斯：前不久那辆汽车的事儿倒是把我弄得有惊无险，可那
　　　　压根就是别人的错啊。

莫莉：我们肯定是犯了什么事了……

吉尔斯：（蹲下来，往壁炉里扔了一根木柴）也可能是跟咱们在
　　　　这里开张有关吧。但愿我们只不过是一不留神坏了哪个
　　　　部门的什么鸡毛蒜皮的规矩。这年头，这样的事情你压
　　　　根就逃不了。（他站起身，脸冲着莫莉。）

莫莉：哦，亲爱的，我真希望咱们要是没开这家旅社就好了。
　　　大雪要把咱们困上好几天，这里人人都不是省油的灯，
　　　而且咱们存的那些罐头也会耗完的。

吉尔斯：开心点，亲爱的。（把莫莉揽入怀中）一切都会好起来
　　　　的。我已经把煤桶都给装满了，柴火也塞进去了，炉子
　　　　也拨旺了，鸡也喂好了。马上我再去整整锅炉，劈些引
　　　　火柴……（戛然而止）你知道，莫莉，（他缓缓走到餐桌
　　　　右侧）——想想看，一定有什么严重的事儿，才会派一
　　　　个巡佐一路跋涉到这里来。肯定是实在紧要的事……

（二人局促不安地面面相觑，鲍伊尔太太从左后方书房处上。）

鲍伊尔太太：（到大餐桌左侧）啊，你们在这里啊。拉尔斯顿先
　　　　生，书房的中央供暖是冰冷冰冷的，你知道吗？

吉尔斯：对不起，鲍伊尔太太，我们的煤有点短缺啦……

鲍伊尔太太：在这里我每个礼拜要付七个几尼——七个几尼啊，我可不是来挨冻的。

吉尔斯：我去把火拨旺点儿。

（吉尔斯从右后方拱门下。莫莉跟他走到拱门处。）

鲍伊尔太太：拉尔斯顿太太，你不介意的话，我就得直说了，你安置的那个小伙子，真是太离谱啦。瞧他那举手投足——那领带——他是不是从来都不梳头的?

莫莉：他是个聪明绝顶的年轻建筑师。

鲍伊尔太太：对不起，你说什么来着?

莫莉：克里斯多弗·莱恩是位建筑师……

鲍伊尔太太：亲爱的姑娘啊，我当然听说过克里斯多弗·莱恩爵士。（她走到壁炉前）当然啦，他是个建筑师。是他造了圣保罗大教堂。你们这些年轻人，好像总以为天底下除了自己别人都是文盲似的。

莫莉：我是说这位莱恩。他的名字叫克里斯多弗。他父母给他起那样的名字，就是因为希望他成为一名建筑师。（到沙发后的牌桌前，从盒里取出一支烟）而到头来，他也确实成了——或者说几乎就要成为建筑师啦。

鲍伊尔太太：哼。我听听这故事根本靠不住。（坐到大扶手椅上）但凡我是你，肯定会好好盘问盘问他。你知道他的底细吗？

莫莉：就跟对您的了解差不多，鲍伊尔太太——你们俩都是每个礼拜付给我七个几尼。（她点燃烟）其实我光知道这些也就够了，对不对？我也就关心这一点。至于这个客人我自己是喜欢，还是（意味深长地）不喜欢，我无所谓。

鲍伊尔太太：你年轻轻的，又没什么历练，你应该从那些比你渊博的人那里，采纳一点忠告。那外国人又是怎么回事呢？

莫莉：什么怎么回事？

鲍伊尔太太：你没想到他会来，不是吗？

莫莉：把一个名副其实的旅客拒之门外可是犯法的，鲍伊尔太太。这点您应该知道。

鲍伊尔太太：你为什么要这么说？

莫莉：（走到台中央）您不向来都跟个长官似的，往长椅上一坐么，鲍伊尔太太？

鲍伊尔太太：我只不过想说，这个什么帕拉维奇尼——反正不管自个儿怎么称呼自己吧，在我看来，……

（帕拉维奇尼从左侧楼梯蹑手蹑脚地上）

帕拉维奇尼：当心啊，亲爱的夫人。您说到鄙人，鄙人就到啊。哈，哈。

（鲍伊尔太太跳了起来）

鲍伊尔太太：我没听到你的动静嘛！

（莫莉走到牌桌后面）

帕拉维奇尼：我是踮着脚尖进来的，就这样。（他演示着那副样子，挪到中间）只要我不想让别人听见，谁也甭想听得见。我觉得这么干特别好玩儿。

鲍伊尔太太：真的吗？

帕拉维奇尼：（坐到中央的扶手椅上）何况还有一位年轻的太太……

鲍伊尔太太：（起身）行了，我得赶紧写信去。我去看看，起居室是不是暖和一点儿。

（鲍伊尔太太下，进左前方起居室，莫莉跟她到门口。）

帕拉维奇尼：我们迷人的老板娘看上去有点儿心神不定嘛。怎么啦，亲爱的夫人？（盯着她）

莫莉：今天早晨什么事都不顺利。就因为这场雪。

帕拉维奇尼：是啊，雪这么一下，问题就变得愈发复杂，不是吗？（他站起来）不过，反过来讲，它也让问题变得愈发简单。（走到大餐桌前坐下）嗯——非常简单。

莫莉：我不明白您是什么意思。

帕拉维奇尼：有好多事儿您不明白。我想，举个例子吧，家庭
　　　　　旅社的经营之道，您就不太清楚。

莫莉：（到沙发后的牌桌左侧，捻熄手中的烟）我得说我们是不
　　　太懂。不过我们很想把这事儿干得漂亮一点。

帕拉维奇尼：Bravo-bravo! [①]（他一边拍着手，一边站起身来。）

莫莉：我当厨师还不算太糟……

帕拉维奇尼：（色迷迷地看着她）您绝对是个光彩照人的厨师。
　　　　　（到牌桌后拉莫莉的手）

（莫莉抽出手来，走到台中央靠前，至沙发前。）

　　　我能说几句给您提个醒吗，拉尔斯顿太太?（走到沙发
　　　前）您和您丈夫的耳根子千万别太软。你们的这些客人
　　　都有介绍信吗?

---

① 意大利语：太棒了! 太棒了!

莫莉：这算是惯例吗？（转向帕拉维奇尼）我总是想，人嘛——直接来不就是啦？

帕拉维奇尼：可这些人都在您的屋檐底下住着，对他们的情形略知一二，才是明智之举。就拿我自己举个例子吧。我从天而降，说自己的汽车在雪堆里撞翻了。你们知道我是什么人吗？压根儿就一无所知吧！没准儿我是个小偷，是个强盗，（他慢悠悠地向莫莉挪过去）一个逍遥法外的逃犯———一个疯子——甚至——一个杀人犯。

莫莉：（渐渐后退）哦！

帕拉维奇尼：您瞧！恐怕您对于别的客人，同样了解得微乎其微。

莫莉：嗯，就鲍伊尔太太而言……

（鲍伊尔太太从起居室回来，莫莉走到台中央的大餐桌边上。）

鲍伊尔太太：坐在起居室里也实在太冷啦。我得在这里写信。
（她走到大扶手椅边）

帕拉维奇尼：请允许我替您把炉火拨拨旺。（走向右侧，到壁炉前拨火。）

（梅特卡夫少校自右后方拱门上）

梅特卡夫少校：（对莫莉，以某种传统的谦和态度说）拉尔斯顿太太，您丈夫在吗？恐怕那些水管——呃——楼下洗手间的水管给冻住啦。

莫莉：哦，天哪。这一天过得多糟糕啊。先是警察，再是水管。（走向右后方的拱门）

（帕拉维奇尼当的一声放下拨火棍。梅特卡夫少校站在那里目瞪口呆。）

鲍伊尔太太：（惊诧莫名）警察？

梅特卡夫少校：（声音洪亮，听语气似乎疑虑重重）您说什么来着，警察？（他走到大餐桌左端。）

莫莉：他们刚才打电话来，说他们已经派了一个巡佐赶到这里来。（她望望窗外的雪）不过我想他是来不了啦。

（吉尔斯带着一筐木柴自右后方拱门上）

吉尔斯：红焦炭还剩半石^①多，价钱嘛……你们好啊，出什么
事了？

梅特卡夫少校：我听说有警察正往这里赶呢。为什么呀？

吉尔斯：哦，不要紧。凭他是谁，碰到这种情形都过不来。你
们看，积雪肯定已经有五英尺深啦。路上全堆满了。今
天谁也来不了。（把木柴往壁炉前一放。）对不起，帕拉
维奇尼先生，让我把这些塞进去好不好？

（帕拉维奇尼从壁炉这边往舞台前方走。窗户上传来三下清脆
的叩击声，只见特洛特巡佐把脸贴在窗玻璃上，往屋内窥视。
莫莉大叫一声，往窗外一指。吉尔斯过去猛地打开窗户。特洛
特巡佐乘着滑雪板而来，是个情绪高昂、相貌平平的小伙子，
他说话略带点伦敦东区的口音。）

特洛特：您是拉尔斯顿先生吗？

---

① 指英石，1 英石相当于 14 磅或 6.35 千克。

吉尔斯：是。

特洛特：谢谢您，先生。我是伯克郡警察局侦探特洛特警官。
　　　　我是不是可以把我的滑雪板脱下来，搁在什么地方？

吉尔斯：（往右指）从那条路绕过来，到前门。我来接您。

特洛特：谢谢您，先生。

（吉尔斯让窗子继续开着，从右后方的前门下。）

鲍伊尔太太：我猜，咱们之所以要出钱供养这些警察，就是为
　　　　　　了让他们满世界转悠，享受享受冬令运动的乐趣。

（莫莉经过大餐桌走到窗前）

帕拉维奇尼：（到大餐桌中间处，对莫莉凶巴巴地轻声说）您为
　　　　　　什么把警察给叫来啊，拉尔斯顿太太？

莫莉：我可没去叫。（她关上窗。）

（克里斯多弗从左侧起居室上，走到沙发左侧。帕拉维奇尼走到

大餐桌右端。)

克里斯多弗：那人是谁？他从哪儿来？他踩着滑雪板从起居室
　　　　窗前经过。浑身都是雪，看来那精神头可真够健旺的。

鲍伊尔太太：信不信由您，可这家伙是个警察。一个警察——
　　　　居然滑着雪！

(吉尔斯和特洛特从前门上。特洛特已经脱下滑雪板，拎在
手里。)

吉尔斯：(到右后方拱门的右侧) 呃——这位是侦探，特洛特
　　　　巡佐。

特洛特：(到大扶手椅的左侧) 下午好。

鲍伊尔太太：你不可能是巡佐吧。你太年轻了。

特洛特：我可不像看上去那么年轻，太太。

克里斯多弗：不过精神可真够好的。

吉尔斯: 我们把您的滑雪板搁在楼梯后面了。

（吉尔斯和特洛特从右后方拱门下。）

梅特卡夫少校: 对不起,拉尔斯顿太太,我可以用一下您的电话吗?

莫莉: 当然可以。

（梅特卡夫少校到电话机前,开始拨号。）

克里斯多弗:（坐在沙发的右端）他挺有魅力的,你们不觉得吗? 我一直觉得警察很迷人。

鲍伊尔太太: 没什么头脑。一看就知道了。

梅特卡夫少校:（对话筒）喂! 喂! ……（对莫莉）拉尔斯顿太太,电话断了——完全断了。

莫莉: 半小时前还是好好的呀。

梅特卡夫少校: 大概是积雪的分量太重,愣把线路给掐断了。

克里斯多弗：（歇斯底里地笑起来）现在我们可是与世隔绝了！完全与世隔绝。多好玩，是不是？

梅特卡夫少校：（到沙发左侧）我看不出有什么这么好笑。

鲍伊尔太太：是啊，实在不好笑。

克里斯多弗：啊，那是我自己偷着乐呢。嘘！侦探又回来了。

（特洛特自右后方拱门上，吉尔斯紧随其后。特洛特走到台中央，吉尔斯走到沙发后的牌桌左侧。）

特洛特：（拿出笔记本）现在我们可以工作了吗？拉尔斯顿先生，拉尔斯顿太太？

（莫莉走到台中央。）

吉尔斯：您是否想单独跟我们会面？如果是这样，我们可以到书房去。（指指左后方书房门）

特洛特：（转过来，背对众人）没必要，先生。大家都在，我们就能节省时间。我可以坐在这张桌子边上么？（他走到大餐桌的右端。）

帕拉维奇尼：哦，不好意思。（从桌子后方走到左端。）

特洛特：谢谢。（他站到大餐桌后，端出一副审判官的派头。）

莫莉：哦，快跟我们说说吧。（她走到大餐桌的右端）我们干了
  什么啦？

特洛特：（吃惊地）干了什么？哦，不是那么回事，拉尔斯顿太
  太。完全是两码事。这更像是一次警方提供的保护行
  动，假如您懂我的意思。

莫莉：警方提供的保护行动？

特洛特：跟利昂太太之死有关——伦敦西二区斑鸠街二十四号
  的莫琳·利昂太太昨天，即本月十五日被人谋杀了。这
  案子，可能你们已经有所耳闻了？

莫莉：是的，我在收音机里听到的。就是那个被掐死的女人？

特洛特：对啦，太太。（对吉尔斯）首先，我想知道你们是否认

识这位利昂太太？

吉尔斯：从来没听说过。

（莫莉摇了摇头）

特洛特：你们不认得她，可能是因为她顶着利昂这个姓氏。她并不是真的姓利昂。警察局有她的犯罪记录，档案上留着她的指纹，所以我们没费什么力气就验明了她的身份。她的本名叫莫琳·斯坦宁。她丈夫是农场主约翰·斯坦宁，他们住在长岭农场，离这儿不远。

吉尔斯：长岭农场？是不是有几个孩子在那儿……？

特洛特：对了，长岭农场案。

（凯思薇尔小姐自左边楼上下来）

凯思薇尔小姐：三个孩子……（她走到右前方的扶手椅边，坐下来。）

（大伙儿都看着她）

特洛特：没错，小姐。就是考里根一家。两个男孩，一个女孩。他们需要照料看护，别人就把他们送到法院。法院将他们安置到长岭农场斯坦宁夫妇家里。结果，在遭到令人发指的忽视和长期虐待之后，有一个孩子不幸夭折。当时这可是桩很轰动的案子。

莫莉：（浑身颤抖）太可怕了。

特洛特：斯坦宁夫妇都被判处有期徒刑。斯坦宁先生死于狱中。而斯坦宁太太服完了刑，被按期释放。昨天，正如我所言，人们发现她给人掐死在斑鸠街二十四号。

莫莉：谁干的？

特洛特：我就是为了这个才到这里来的，太太。在案发现场附近捡到一个笔记本，上面写着两个地址，其一是斑鸠街二十四号，而另一个（他顿住了）就是群僧井庄园。

吉尔斯：什么？

特洛特：没错，先生。

（在他讲下面这段话时，帕拉维奇尼慢慢地往左侧楼梯挪过去，斜靠在拱门靠后台较近的那一边。）

因此，霍格本局长在接到苏格兰场的通知以后，认为当务之急，就是派我赶到这里，看看你们是否知道这幢房子或者住在这里的什么人，跟长岭农场案有什么关系。

吉尔斯：（到大餐桌的左端）没有——绝对没有。这一定是巧合。

特洛特：先生，霍格本局长可不认为这是个巧合。

（梅特卡夫少校转身看看特洛特。在讲下面这段话时，他掏出烟斗，加满烟丝。）

但凡有一点点可能性，他一定会亲自过来的。现在的天气如此恶劣，而我又会滑雪，他就派我过来，命令我查清这房子里每个人的详细情况，用电话向他汇报，并且用我认为恰当的方式来保证房中所有人的安全。

吉尔斯：安全？他认为我们会有什么危险？老天爷，他不是在暗示这里会有人被杀吧？

特洛特：我可不想把女士们给吓着——不过老实说，没错，就
　　　　这意思。

吉尔斯：可是——为什么呢？

特洛特：我来这里，就是想寻根究底。

吉尔斯：这事儿，从头到尾都疯了！

特洛特：对，先生。因为疯狂，所以危险。

鲍伊尔太太：胡说八道！

凯思薇尔小姐：我觉得，这事儿看起来有点儿牵强。

克里斯多弗：我倒觉得棒极了。（他转身看看梅特卡夫少校）

（梅特卡夫少校点燃了烟斗）

莫莉：巡佐，是不是还有什么事儿，你没告诉我们？

特洛特：是的，拉尔斯顿太太。在两条地址下面写着"三只瞎

老鼠"这几个字。那女人的尸体上盖着一张纸，上面写着"这是头一只"，字下面画了三只小老鼠和一小节乐谱，是摇篮曲《三只瞎老鼠》的调子。您知道那曲子吧。（唱）"三只瞎老鼠……"

莫莉：（唱）"三只瞎老鼠，

看它们怎么跑，

个个都跟着农场主的老婆……"

哦，真糟糕！

吉尔斯：统共三个小孩，死了一个？

特洛特：对，最小的那个，十一岁的男孩子。

吉尔斯：那么另外两个怎么样了？

特洛特：女孩被什么人收养了。我们还没查出她如今的行踪。那个年长的男孩子现在大概二十二岁。他参军以后开了小差，打那以后就失去了音讯。军队里的心理学家说，

他肯定有精神分裂症。(进一步解释)也就是说,脑子有
点儿不靠谱。

莫莉:他们是不是认为,杀害利昂太太——就是斯坦宁太太的
凶手,就是他?(走到台中央的扶手椅处。)

特洛特:对。

莫莉:那他真是个杀人狂,(她坐下来)而且,他还会在这里露
面,就为了把谁给杀掉——可是,为什么呢?

特洛特:这一点,我就得从你们这里查个水落石出了。按照局长
的看法,这两头肯定有关联。(对吉尔斯)先生,现在您来
说说,您自己和长岭农场案是不是一丁点儿关系都没有?

吉尔斯:没有。

特洛特:您也一样吗,太太?

莫莉:(神情不大自在)我——不——我的意思是,扯不上什么
关系。

特洛特：那么家里的下人呢？

（鲍伊尔太太一副不以为然的表情。）

莫莉：我们没雇下人。（她站起来，到右后方拱门）这倒提醒我
　　了。您不介意我去厨房吧，特洛特巡佐？如果您需要
　　我，喊我一声就行了。

特洛特：一点儿问题都没有，拉尔斯顿太太。

（莫莉从右后方拱门下。吉尔斯走到右后方至拱门处，特洛特开
口说话时，他停住了脚步。）

　　你们各位请把名字告诉我，好吗？

鲍伊尔太太：真够荒唐的！我们只不过住在一家饭店里而已。
　　我们昨天刚刚到。我们跟这里毫无瓜葛。

特洛特：话虽如此，你们到底事先就有了到这里来的计划。你
　　们都预订过房间。

鲍伊尔太太：哦，对。都预定过，只有这位先生——（她看看帕

拉维奇尼)

帕拉维奇尼：我叫帕拉维奇尼。(他走到大餐桌的左端)我的汽车翻在雪堆里了。

特洛特：我明白了。那我要调查的就是，您身边是不是有人跟着，对您要到这里来的情形了如指掌。目前，我只想知道一件事情，而且想马上知道！你们这些人里头有哪一位跟长岭农场那件事儿有关？

(一片死寂)

要知道，你们这样可不太明智啊。你们这里有一个人危在旦夕——那可是要送命的危险啊。我一定得知道那到底是谁。

(又是鸦雀无声)

好吧，那我就一个一个地问。(对帕拉维奇尼)您，第一个，因为您之所以到这里来，似乎或多或少是出于偶然，帕里——？

帕拉维奇尼：是帕拉——帕拉维奇尼。可是，我亲爱的巡佐先生，您刚才谈到的这些事儿，我一无所知。我可是头一回到这个国家来。对这些个发生在本地的陈年往事，压根儿就不知情。

特洛特：（站起身，往台前方向走，来到鲍伊尔太太左侧）这位太太——？

鲍伊尔太太：鲍伊尔太太，我不明白——说实话我觉得这样真够无礼的……我干吗偏偏要跟这种叫人难受的事儿掺和在一起？

（梅特卡夫少校朝她尖刻地扫了一眼。）

特洛特：（看着凯思薇尔小姐）这位小姐呢……？

凯思薇尔小姐：（慢悠悠地）凯思薇尔小姐。莱斯利·凯思薇尔。我从来没听说过长岭农场，对这件事我毫不知情。

特洛特：（走到沙发右侧，对梅特卡夫少校说）您呢，先生？

梅特卡夫少校：梅特卡夫——少校。这案子我在报上看到过。

当时我正驻扎在爱丁堡。但案子里的人，我都不认识。

特洛特：（对克里斯多弗）您呢？

克里斯多弗：我叫克里斯多弗·莱恩。那时我还只是个小孩。就连这案子我是不是听说过，我都记不得了。

特洛特：（到沙发后的牌桌后）你们大伙儿就只能说出这些吗——谁都没话说了？

（寂静无声）

（走到台中央）那么，如果你们这些人里有哪一位叫人给杀了，那就只能怪你们自己了。那么，接下来，拉尔斯顿先生，我能把整栋房子都看一遍吗？

（特洛特和吉尔斯从右后方下，帕拉维奇尼坐在临窗椅上。）

克里斯多弗：（起身）亲爱的诸位，多么典型的传奇剧啊。他真是魅力十足，对不对？（他走到大餐桌边上）我真崇拜这位警察。那么义正词严，如此精明强悍。整件事儿实在叫人心惊肉跳。《三只瞎老鼠》。那曲子怎么唱来着？

（或用口哨吹，或嘴里轻轻哼唱这调子。）

鲍伊尔太太：果真如此么，莱恩先生！

克里斯多弗：您不喜欢这曲子吗？（走到鲍伊尔太太左侧）不
过，这曲子是拿来做信号用的——杀人犯的信号。想象
一下，他从这里头能得到怎样的刺激啊？

鲍伊尔太太：传奇剧根本就是一堆垃圾。我一个字儿也不信！

克里斯多弗：（蹑手蹑脚地走到她背后）等一等，鲍伊尔太太。
等到我轻手轻脚窜到您背后，您就会感觉到我的一双手
正好掐住您的喉咙。

鲍伊尔太太：停……（她站起身）

梅特卡夫少校：行啦，克里斯多弗。不管怎么说，这个玩笑很
糟糕。其实压根儿就称不上什么玩笑。

克里斯多弗：哦，不过这确实是个玩笑啊！（他走到台中央扶手
椅）就是这么回事。一个疯子的玩笑。正因为这样，这
事才会显得如此妙趣横生而又毛骨悚然。（走向右侧拱

门，环视四周，咯咯直笑。）瞧瞧你们各位的脸！

（克里斯多弗从拱门下）

鲍伊尔太太：（到拱门右侧）这个小伙子，行为乖张，举止粗
野，还有点神经兮兮。

（莫莉自右前餐厅上，站在门口。）

莫莉：吉尔斯在哪里啊？

凯思薇尔小姐：正陪着咱们的警察绕着房子转悠呢。

鲍伊尔太太：（往前走到大扶手椅跟前）您那位建筑师朋友，刚
才那一举一动，都挺不正常的。

梅特卡夫少校：现如今的年轻人看起来都有点神经质。我猜等
他年岁长了，自然就渐渐地好了。

鲍伊尔太太：（坐下）神经质？对于那些口口声声说自己神经质
的人，我一向很不耐烦。我可从来不会玩什么神经质。

（凯思薇尔小姐站起身，走向楼梯左侧。）

梅特卡夫少校：不会吗？没准这些倒真是冲着您的呢，鲍伊尔太太。

鲍伊尔太太：你这是什么意思？

梅特卡夫少校：（走到台中央大扶手椅的左侧）我认为您当时正是地方法院里的一位法官。实际上，之所以会把那三个孩子送到长岭农场，这责任得让您来负。

鲍伊尔太太：这话没错，梅特卡夫少校。可这责任基本上不能让我来承担。我们有福利工作者发来的报告。那农场里的人看起来挺和善的，好像巴不得要把这些孩子接过去。看上去挺让人满意的呀。有鸡蛋，有新鲜牛奶，还有健康的户外活动。

梅特卡夫少校：拳打，脚踢，忍饥挨饿，一对彻头彻尾的恶棍。

鲍伊尔太太：可我怎么会知道呢？听他们的谈吐，都是彬彬有礼的。

莫莉：嗯，我想得没错。（她走到台中央，盯着鲍伊尔太太）是
　　　您……

（梅特卡夫少校猛地看她一眼。）

鲍伊尔太太：本人只想做点公益事业，结果权利却让人给滥
　　　　　用了。

（帕拉维奇尼放肆地大笑起来。）

帕拉维奇尼：您一定得包涵我，不过说实在的，我觉得这些事
　　　　　儿真好笑啊。我真是觉得乐在其中。

（帕拉维奇尼笑着走进左前方的起居室。莫莉走到沙发右侧。）

鲍伊尔太太：这个人我从来就不喜欢！

凯思薇尔小姐：（走到沙发后的牌桌左侧）昨儿晚上他是从哪儿
　　　　　来的？（她从盒子里取出一支烟）

莫莉：我可不知道。

凯思薇尔小姐：在我看来，他看起来也就是个不务正业的家伙。他的脸上还化了妆。涂脂抹粉的。真恶心。他年纪一定不小了。（她点燃一支烟）

莫莉：可他还是蹦过来跳过去，弄得好像自己有多年轻似的。

梅特卡夫少校：您一定需要更多的柴火。我去拿。

（梅特卡夫少校从右后方下）

莫莉：才下午四点钟，天已经眼看着要黑了：我去把灯打开。（她走到右前方，打开壁灯）这样好点儿。

（静默片刻。鲍伊尔太太老大不自在，先瞥了一眼莫莉，又看看凯思薇尔小姐，她们俩也都在看她。）

鲍伊尔太太：（把她正在写的东西归拢在一起。）哎呀，我把钢笔搁哪儿啦？（她站起身，走到左边。）

（鲍伊尔太太进书房。起居室里，有人在弹一架钢琴——有人用一只手指弹出了《三只瞎老鼠》的调子。）

莫莉：（走到窗前，拉好窗帘）这调子听着多恐怖啊！

凯思薇尔小姐：您不喜欢吗？是不是让您想起了自己的童年，
　　　　或许——是那种郁郁寡欢的童年？

莫莉：我小时候过得很开心。（她绕到大餐桌的中间。）

凯思薇尔小姐：您真走运。

莫莉：那您过得不好吗？

凯思薇尔小姐：（走到壁炉前）不好。

莫莉：真对不起。

凯思薇尔小姐：不过那是好久以前的事啦。本人一向都不会对
　　　　往事念念不忘。

莫莉：我猜也是。

凯思薇尔小姐：也说不定忘不了呢？还真他妈的不好说。

莫莉：他们说，你小时候的遭遇，比什么都要紧。

凯思薇尔小姐：他们说——他们说。谁说的呢？

莫莉：心理学家。

凯思薇尔小姐：全都是骗人的。根本就是他妈的一大堆胡言乱
　　　　　　　语。什么心理学家啦心理医生啦，我都用不着。

莫莉：（走到沙发前）其实我跟他们也没打过多少交道。

凯思薇尔小姐：你没跟他们沾边，是件好事儿。这些玩意儿统
　　　　　　　统都是忽悠人的。生活嘛，你认为它是什么样，它就是
　　　　　　　什么样。直奔前方就是了——别回头。

莫莉：人总难免要回首往事啊。

凯思薇尔小姐：胡说。这就得看你有没有毅力了。

莫莉：也许吧。

凯思薇尔小姐：（言辞激烈）我很清楚。（她往前走到台中央。）

莫莉：我估计您说得没错……（她叹了口气）可有时候，事情一
　　　发生——就会让你难以忘怀……

凯思薇尔小姐：别服软。把脸转过去，别理它们。

莫莉：这法子真的合适吗？我怀疑。或许全都错了。或许就该
　　　面对它们才对。

凯思薇尔小姐：那得看您说的到底是什么了。

莫莉：（微笑）有时候，我简直弄不清自己在说些什么。（她坐上
　　　沙发。）

凯思薇尔小姐：（向莫莉这边挪）过去的事情不会对我有什么影
　　　响——除非是用我希望的方式。

（吉尔斯和特洛特从左侧楼梯上）

特洛特：好，楼上一点问题都没有。（他看看那扇敞开的餐厅
　　　门，穿过去，走进餐厅。随后又出现在右后方拱门处。）

（凯思薇尔小姐下，走进餐厅，她没关门。莫莉站起身，开始打

扫，先把坐垫归整了一下，然后向后走到窗帘前。吉尔斯走到莫莉的左侧，特洛特走到左前方。）

（打开左前方的门）这里头是什么呀，起居室吗？

（门一打开，里面传来的钢琴声一下子响了好多。特洛特下，走进起居室，关上门。旋即他又出现在左后方的门口。）

鲍伊尔太太：（幕后）请您把那扇门关上好吗。这地方到处都有穿堂风。

特洛特：对不起，太太。可我非得把这块地方的地形搞清楚不可。

（特洛特关上门，从台后方楼梯下。莫莉走到中央扶手椅后。）

吉尔斯：（往前走到莫莉左侧）莫莉，这都是怎么回事啊……？

（特洛特又回到楼下）

特洛特：好啦，这么一来就全看完啦。没什么可疑的地方。我觉得现在应该向霍格本局长报告了。（他向电话走去。）

莫莉：（走到大餐桌左侧）可是您打不成电话了。电话线断了……

特洛特：（猛地转过身）什么？（他拿起话筒）这是从什么时候开始的？

莫莉：您前脚刚到，梅特卡夫少校后脚就试过。

特洛特：可先前还是好好的啊。霍格本局长打的时候还通的。

莫莉：哦，对啊。我想，那以后，线路就让积雪给压断了。

特洛特：我怀疑。没准是让人给切断的。（他放下话筒，转身看着他们。）

吉尔斯：切断？可谁会切断电线呢？

特洛特：拉尔斯顿先生……对于这些在您的家庭旅社里住下的客人，您到底了解多少底细？

吉尔斯：我——我们——我们其实对他们一无所知。

特洛特：啊。（他走到沙发后的牌桌后面。）

吉尔斯：（走到特洛特右侧）鲍伊尔太太是从伯恩茅斯饭店写信过来的，梅特卡夫少校的地址是——哪里来着？

莫莉：利明顿。（她走到特洛特左侧。）

吉尔斯：莱恩是从汉普斯代德来信的，凯思薇尔的信来自肯辛顿的一家私营旅馆。帕拉维奇尼的情况已经告诉您了，昨晚突然出现。还有，那个配给票证簿，我想他们全都有。

特洛特：当然啦，这些我都会去查的。可是这类证据都不足为凭。

莫莉：可是即便那——那疯子要到这里把咱们都杀光——或者杀掉其中哪一位，我们现在总归还是安全的。因为在这场雪融化之前，谁也到不了这里啊。

特洛特：除非他已经到了。

吉尔斯：已经到了？

特洛特：为什么不可能呢，拉尔斯顿先生？所有这些人都是在昨天晚上抵达的。也就是斯坦宁太太被杀的几小时之后。有足够的时间可以赶到这里来。

吉尔斯：不过除了帕拉维奇尼之外，别人都是事先预定好的。

特洛特：哦，那又怎么样？这些罪行都是早就计划好的。

吉尔斯：这些罪行？只有一桩罪行啊？发生在斑鸠街上。您凭什么就认定这里还会出现别的罪行呢？

特洛特：这里也会出事，哦，不——我希望能制止。应该说会有犯罪企图。

吉尔斯：（走到壁炉前）我不信。真是异想天开。

特洛特：这不是异想天开。事实就是如此。

莫莉：那您能不能描述一下，在伦敦看见的那个人——是什么长相？

特洛特：中等身材，身量看不清楚，穿深色大衣，戴软毡帽，脸上蒙着围巾。说话时压低声音。（到台中央扶手椅的左侧。讲到这里他暂停片刻。）现在客厅里可是挂着三件深色大衣啊。拉尔斯顿先生，有一件是您的……还有三顶浅色软毡帽……

（吉尔斯抬脚走向右后方拱门，但莫莉一开口，他便停住了。）

莫莉：我还是不信。

特洛特：您看出来了吗？让我担心的是这电话线。如果电话线是给切断的……（他走到电话机旁，俯下身，把电线仔细查看了一通。）

莫莉：我一定得去把那几样蔬菜给拾掇拾掇了。

（莫莉从右后方拱门下。吉尔斯从台中央的扶手椅上捡起莫莉的手套，心不在焉地把手套捋平。他突然从手套里抽出一张伦敦的公共汽车票——瞪大眼睛盯着它——接着，目光转到莫莉身后——然后又回过来看车票。）

特洛特：电话有分机吗？

（吉尔斯正皱着眉头看车票，没有答腔。）

吉尔斯：不好意思，您刚才说话来着？

特洛特：对，拉尔斯顿先生，我说"电话有分机吗？"（他走到中间。）

吉尔斯：有，在楼上我们的卧室里。

特洛特：走，去帮我试试看，好吗？

（吉尔斯手里拿着手套和公共汽车票，一脸茫然地走上楼去。特洛特继续顺着电线找到窗口。他拉开窗帘，打开窗子，想跟踪电线的方向。他走到右后方拱门处，先是走出去，随后又带着一只手电筒回来。他走到窗口，跳出去，俯下身子看了看，随即销踪匿影。此时窗外其实已经黑了。鲍伊尔太太从左后方的书房进来，直打哆嗦，她一眼看见敞开的窗户。）

鲍伊尔太太：（走到窗前）是谁把窗子就这么开着的？（她关上窗户，然后拉上窗帘，然后走到壁炉前，又加进一根木柴。她走到收音机跟前，把它打开。她又到大餐桌前，拿起一本杂志看起来。）

（收音机里在放音乐节目。鲍伊尔太太皱了皱眉，又走到收音机前，扭到另一个节目。)

收音机里的人声：……要懂得我所谓的"恐怖的机理"，你就得研究一下它在人们的意识中究竟产生了怎样的效果。举个例子，试想一下，假如您一个人待在屋子里。此时正值黄昏，有一扇门在您身后轻轻地打开……

(右前方的门打开。有人用口哨吹着《三只瞎老鼠》的调子。鲍伊尔吓了一跳，转过身来。)

鲍伊尔太太：(松了一口气) 哦，是你啊。我找来找去也没什么节目值得听的。(她走到收音机旁，换到音乐节目。)

(一只手从门外探进来，伸向电灯开关，喀喀一声按动开关。灯突然熄灭。)

唉——你这是干什么？你干吗要关灯？

(收音机音量放到最大，透过它能听到喀喀作响的声音和一片混战的声音。接着，鲍伊尔太太的身体倒下来。莫莉从右后方拱门上，困惑不解地站住了。)

莫莉: 怎么全黑啦？怎么那么吵哇！

（她打开右后方的电灯开关，再走到收音机前把音量关轻。接着，她看见鲍伊尔太太躺在沙发前，已经给掐死了，顿时尖叫起来——幕急落。）

（幕落）

第二幕

场景——同前。十分钟后

幕启时，鲍伊尔太太的尸体已被运走，大伙儿全聚在房间里。特洛特坐在大餐桌后发号施令。莫莉站在大餐桌右端。别人都坐着。梅特卡夫少校坐在右面的大扶手椅上，克里斯多弗坐在那张深色的椅子上，吉尔斯坐在左侧的楼梯台阶上，凯思薇尔小姐坐在沙发右端，而帕拉维奇尼坐在左端。

特洛特：好了，拉尔斯顿太太，尽可能想想——要想想……

莫莉：（快要崩溃了）我想不了。我的脑瓜都麻木啦。

特洛特：您靠近鲍伊尔太太时，她刚刚被杀。您能不能肯定，当您一路从走廊里过来，既没看见，也没听见什么人的动静吗？

莫莉：没有——没有，我想没有。只听到这里有收音机吵吵嚷嚷的声音。我想不明白谁会把音量开得那么大。在这种环境里我什么都听不见，难道不是吗？

特洛特：明摆着，凶手就是这个目的——没准儿（意味深长地）还是个女杀手。

莫莉：我哪里还可能听得见别的声音？

特洛特：你有可能听得见。如果凶手是从这边离开客厅的（往左边指），他有可能是听见您从厨房里出来。他说不定沿着后面的楼梯溜上去了——也没准是进了餐厅……

莫莉：我想——我说不准——我听到有一扇门"咯吱"响了一声——接着又给关上了——就是我从厨房里出来的当口。

特洛特：哪扇门？

莫莉：我不知道。

特洛特：想想吧，拉尔斯顿太太——尽可能想想。是楼上？还是楼下？是不是近在咫尺？是右边？还是左边？

莫莉：（泪眼婆娑）我不知道，我说过我不知道。我连到底有没有听到什么都拿不准。（走到台中央扶手椅边坐下。）

吉尔斯：（起身走到大餐桌左侧，一副怒气冲冲的样子。）您能不能别再吓唬她了？您看不出来吗，她已经累得不行啦？

特洛特：（厉声）我们正在调查一桩谋杀案，拉尔斯顿先生。直到现在，还没有人认认真真地看待这件事儿。鲍伊尔太太就没当过真。她有事瞒着我，你们大家都有事瞒着我！结果呢，鲍伊尔太太死了。我们得把事情弄个水落石出——请注意，还得尽快——否则可能还会再搭上一条命。

吉尔斯：再搭上一条命？胡说八道。为什么？

特洛特：（正色道）因为一共有"三只"瞎老鼠啊。

吉尔斯：每只老鼠都代表一条命？但是总得有点儿关系才行啊——我是说另一层关系，就是跟长岭农场案的关系。

特洛特：没错，肯定有关系。

吉尔斯：可是，为什么要在这里再搭上一条命呢？

特洛特：因为在我们找到的那个笔记本上，统共只有两个地址。喏，在斑鸠街24号只有一个人可能送命。她果然就送了命。而在这里，群僧井庄园的场子可要大得多啦。（他话里有话，一边说一边将大伙扫视了一圈。）

凯思薇尔小姐：胡说。这些人都是碰巧才聚到这里的，难道偏偏就会有两个跟长岭农场案扯得上关系？这也太巧了吧？

特洛特：若是碰上特定的情形，这也算不上什么大不了的巧合。好好想想吧，凯思薇尔小姐。（他站起身）眼下我想具体了解一下，鲍伊尔太太遇害那会儿，各位分别在哪里活动。我已经有了拉尔斯顿太太的陈述。您当时在厨房里拾掇蔬菜。然后您从厨房里走出来，沿着走廊穿过那扇双开式弹簧门，走进客厅，来到这里（指右边的拱门）。收音机吵得厉害，可是灯给人关掉了，客厅漆黑一片。于是您打开灯，看见了鲍伊尔太太，就尖叫起来。

莫莉：对。我叫啊叫啊，终于——大伙儿都来了。

特洛特：（向前走到莫莉的左边）对。正如您所说，大家都来了——好多人从不同的方向赶来——个个都是火速赶到现场，也就相差个前后脚。（他稍停片刻，向前走到台中央，背对观众）先前我从窗户里爬出去（用手指了指窗户）检查电话线的时候，您，拉尔斯顿先生，上楼到您和拉尔斯顿太太的卧室里，检查分机是不是能用。（从台中央向后挪）拉尔斯顿太太尖叫的时候，您在哪里？

吉尔斯：我那时还在卧室里。分机的线路也断了。我瞧了瞧窗外，看看那里是不是有线路给切断的痕迹，但一无所获。我刚刚把窗户重新关好，就听见莫莉在尖叫，我慌忙就赶下来了。

特洛特：（斜倚在大餐桌上）就这么几个简单的动作，可费了您好长一段时间啊，不是吗，拉尔斯顿先生？

吉尔斯：我可不这么想。（他走到楼梯口。）

特洛特：我得说，您的动作一定是——慢条斯理。

吉尔斯：我那会儿在想心事呢。

特洛特：好，好。莱恩先生，您来说说那会儿您在哪里。

克里斯多弗：（站起身，到特洛特左边）我一直在厨房里，看能不能给拉尔斯顿太太帮上点忙。我喜欢做菜。后来我就上楼到自己的卧室去了。

特洛特：为什么？

克里斯多弗：到自己的卧室去，那是最顺理成章的事啦，您不觉得吗？我是说——有时候人就是想自己一个人呆着嘛。

特洛特：您当时回到自己的卧室，就是想一个人呆着？

克里斯多弗：我还想梳梳头——还有——呃，打扮打扮。

特洛特：（死死地盯着克里斯多弗那一头乱蓬蓬的发丝）您是想去梳头来着？

克里斯多弗：不管怎么说，我当时就是在卧室里！

（吉尔斯走到左前方的门口）

特洛特：然后您就听到拉尔斯顿太太尖叫起来？

克里斯多弗：对。

特洛特：于是您就下来了？

克里斯多弗：对。

特洛特：这就怪了，您居然没在楼梯上撞见拉尔斯顿先生。

（克里斯多弗和吉尔斯四目相对）

克里斯多弗：我是从后面的楼梯下来的。那里离我房间近一
　　　点儿。

特洛特：那您先前到房间去，是走后楼梯呢，还是从这里上
　　　去的？

克里斯多弗：我上楼也是走后楼梯啊。（他走到书桌旁的椅子
　　　边，坐下来。）

特洛特：我明白了。（到沙发后的牌桌右侧）那么帕拉维奇尼先

生呢?

帕拉维奇尼：我跟您讲过了。（他站起来，走到沙发的左侧。）我在起居室那边弹钢琴——就是那边，**警督先生**。（向左边指指。）

特洛特：我不是警督，——只是个巡佐，帕拉维奇尼先生。有谁听见您弹钢琴了吗?

帕拉维奇尼：（微笑）我想没有吧。我弹得很轻很轻——只用了一根手指头——所以说……

莫莉：您弹的是《三只瞎老鼠》!

特洛特：（厉声说）是真的吗?

帕拉维奇尼：是真的。这个小调很好记，它——怎么说呢? ——一直在你心里头绕。你们不同意吗?

莫莉：我觉得真可怕!

帕拉维奇尼：可是——它还是在人心里头转悠。当时还有人用口哨吹这调子呢!

特洛特：吹？在哪里？

帕拉维奇尼：我也拿不准。也许在前厅——也许在楼梯上——没准甚至是从楼上哪间卧室传来的呢。

特洛特：谁在吹《三只瞎老鼠》？（没人回答）该不是您编出来的吧，帕拉维奇尼先生？

帕拉维奇尼：不，不，警督——对不起——巡佐。撒谎的事我可不会干。

特洛特：那好，往下说，您当时在弹钢琴。

帕拉维奇尼：（伸出一只手指）只用一只手指弹——就这样……接着我听到收音机——响得不得了——有人在嚷嚷。直刺耳朵。后来——突然间——我就听到了拉尔斯顿太太的尖叫。（他坐到沙发左端。）

特洛特：（到大餐桌中间位置，用手指比比划划）拉尔斯顿先生在楼上。莱恩先生也在楼上。帕拉维奇尼先生在起居室。您呢，凯思薇尔小姐？

凯思薇尔小姐：我在书房里写信。

特洛特：您能听到这里的动静吗？

凯思薇尔小姐：听不到。在拉尔斯顿太太尖叫之前，我什么都听不见。

特洛特：那尖叫后您干了什么？

凯思薇尔小姐：我就到这里来了呀。

特洛特：一点没耽搁？

凯思薇尔小姐：我想——是这样。

特洛特：您说您听到拉尔斯顿太太尖叫的时候正在写信？

凯思薇尔小姐：没错。

特洛特：您就从书桌边立马站起身，急急忙忙地就赶过来了？

凯思薇尔小姐：是啊。

特洛特：可书房里的书桌上好像没看到什么没写完的信哪。

凯思薇尔小姐：（站起身）我随身带着呢。（她打开手提包，掏出一封信，到特洛特左侧，递给他。）

特洛特：（看看信，又递回给她）最亲爱的杰西——嗯——是您的朋友，还是亲戚？

凯思薇尔小姐：这该死的不关你的事。（她转身离开。）

特洛特：也许不关我的事。（他绕到大餐桌右端，再绕到桌后站在中间位置。）您知道，但凡我写信的时候冷不防听到有人尖声叫杀人啦，我就不信我会有时间先把信叠好，再放到手提包里，然后才出去看看到底出了什么事。

凯思薇尔小姐：您不会吗？这可真有意思。（她走到楼梯旁，坐到凳子上。）

特洛特：（到梅特卡夫少校的左侧）梅特卡夫少校，该您了。您说当时您在地窖里，为什么呢？

梅特卡夫少校：（和颜悦色）只是到处看看而已。我到厨房边上的楼梯下面，朝那个壁橱里头看了看。有好多杂七杂八的废品，还有不少体育用品。我发现里面还有一扇门，打开一看，又瞧见一溜台阶。我挺好奇的，就沿着台阶一路下去。你们的地窖可真不错。

莫莉：真高兴您能喜欢。

梅特卡夫少校：不客气。我敢说，它以前应该是一所老修道院的地穴。没准此地之所以叫"群僧井"，就是因为这一点吧。

特洛特：现在咱们可不是在研究文物，梅特卡夫少校。我们在调查一起谋杀案。拉尔斯顿太太告诉我们，她听见有一扇门关上了，发出咯吱一声轻响。（他走到沙发的右侧）这样的一扇门关上的时候是会吱吱作响的。您知道，说不定就是凶手杀掉鲍伊尔太太之后，听到拉尔斯顿太太从厨房里出来，（边说边走到台中央的扶手椅左侧）一溜烟钻进壁橱里，然后再返身带上门。

梅特卡夫少校：各种各样的可能性多了去了。

（莫莉站起来，往前走到小扶手椅边上坐下来。众人沉默片刻。）

克里斯多弗：（站起身）那么壁橱里就该有指纹才对。

梅特卡夫少校：那里有我的指纹。可是那些个作奸犯科的，大
　　　半都是会戴好手套的，不是吗？

特洛特：那只是通常情况。话说回来。那些作奸犯科的，凭他
　　　是谁，迟早都会翻船。

帕拉维奇尼：我怀疑，巡佐先生，果真如此吗？

吉尔斯：（到特洛特左侧）您瞧啊，我们这不是在浪费时间吗？
　　　我们这里有个人……

特洛特：拜托啦，拉尔斯顿先生，这调查是我在张罗着呢。

吉尔斯：哦，好啊好啊，只不过……

（吉尔斯从左前门下）

特洛特：（用发号施令的口气嚷道）拉尔斯顿先生！

（吉尔斯老大不情愿地回到台上，站在门边。）

> 谢谢您啦。（在大餐桌后走来走去）我们既要摸排作案的机会，您知道，又要弄清作案的动机。现在让我来跟你们摊牌吧——你们都有机会。

（有几个人轻声抗议）

> （特洛特举起一只手）房子里有两座楼梯——谁都可以从这座楼梯上去，再从另一座楼梯下来。谁都可以打开厨房边上的门，沿着那一溜台阶下到地窖里去，再从那边楼梯脚下的活板门跑上来。（他朝右边指了指。）最要紧的是，案发时，你们都是独自一人。

吉尔斯：可是您瞧啊，巡佐先生，您这口气，好像咱们个个都有嫌疑似的。那可太荒唐了。

特洛特：碰上一桩谋杀案，人人都逃不了嫌疑。

吉尔斯：但是您很清楚哇，到底是谁杀了斑鸠街的那个女人。您觉得是那个农场的三个孩子里头最年长的那一个。一个神经不正常的小伙子，如今约莫二十三岁。呃……真该死，这里只有一个人对得上号！（他用手指向克里斯多弗，同时向他这边略略挪了几步。）

克里斯多弗：这不是真的——不是真的！你们都想跟我作对呢。总是这样，人人都要和我作对。您愣是想把一件谋杀案栽到我头上！这是迫害，（到梅特卡夫少校的左侧）就是这么回事——迫害。

（吉尔斯跟在他身后，但在大餐桌左端停住。）

梅特卡夫少校：（站起身，态度和蔼可亲）别慌，孩子，别慌。（他拍拍克里斯多弗的肩膀，然后掏出烟斗。）

莫莉：（站起来，走到克里斯多弗左侧）没事儿，克里斯。没人和你作对。（冲着特洛特）请告诉他没事儿。

特洛特：（看着吉尔斯，不动声色）我们是不会陷害别人的。

莫莉：（对特洛特）请告诉他您不会把他抓起来的。

特洛特：（到莫莉左侧，依然不动声色）我们谁都不会抓。要抓人，得有证据才行。而我手头还没有什么证据——现在还没有。

（克里斯多弗走到壁炉前）

吉尔斯：我想你真是疯了，莫莉。（走到台中央。冲着特洛特）还有您也一样！这里只有一个人对得上号，哪怕就是为了以防万一，您也应该把他抓起来。这样才对别人公平啊。

莫莉：等等，吉尔斯，等等。特洛特警官，我能——我能和您谈一小会儿吗？

特洛特：当然可以，拉尔斯顿太太。别人能到起居室去一下吗？

（其余人等都站了起来，走到右前方的门前。凯思薇尔走在最前面；随后是帕拉维奇尼，嘴里嘟嘟嚷嚷着发泄不满，再后面是克里斯多弗和梅特卡夫，后者稍停片刻点燃烟斗。梅特卡夫少校发觉有人在盯着他看。随后众人都下了台。）

吉尔斯：我留下来。

莫莉：不，吉尔斯，请你也离开。

吉尔斯：（大怒）我要留下来。我不知道你这是怎么了，莫莉。

莫莉：求求你了。

（吉尔斯随众人从右前方下，让门敞开着。莫莉关上门。特洛特走到右后方拱门处。）

特洛特：好了，拉尔斯顿太太，（在台中央的扶手椅后走来走去）您想和我说什么？

莫莉：（到特洛特的左侧）特洛特巡佐，您觉得——（在沙发后走来走去）这个杀人狂肯定是——农场里那三兄妹里的老大——可您拿不准，对吗？

特洛特：实际上我们没有一件事儿能拿准啊。到现在为止我们只晓得那个女人当年跟她丈夫合起伙来虐待小孩，叫他们忍饥挨饿，如今她叫人给杀了，而这位地方女法官当年负责把孩子们送到那里，如今也给人杀。（到沙发右侧）我本来可以跟警察局用电话联系的，如今线路又叫人给切断了……

莫莉：就连这一点您其实也拿不准啊，兴许就是让大雪给压断的呢。

特洛特：不对，拉尔斯顿太太，电话线路是在门外被人故意切断的。我已经找到那块地方了。

莫莉：（直打哆嗦）我懂了。

特洛特：请坐，拉尔斯顿太太。

莫莉：（坐在沙发上）可是，说一千道一万，您还是不知道……

特洛特：（在沙发左后方走了一圈，再走到其右前方）我是在寻思各种可能性。这些可能性都朝着同一个方向指：精神状态不稳定，思维有点孩子气，服兵役开小差，何况还有心理医生的报告。

莫莉：哦，我知道，所以说这些条件看起来统统指向了克里斯多弗。可是我相信不会是克里斯多弗啊。一定还有别的可能。

特洛特：（在沙发右侧，转向她）比如说呢?

莫莉：（踌躇不定）嗯——那些孩子有没有什么亲戚呢?

特洛特：他们的母亲是个酒鬼。孩子们给带走以后，没过多久就死了。

莫莉：那么他们的父亲呢？

特洛特：他是个陆军军士，在国外服役。如果他还活着的话，也许现在已经退役了。

莫莉：您不知道他如今在哪里？

特洛特：我们还没得到消息。要查到他的下落，也许得花点时间，不过，我可以向您保证，拉尔斯顿太太，各方面的可能性警方都已经考虑到了。

莫莉：可是，您都不知道，眼下他可能会在哪里，既然儿子的精神状况不稳定，那么这位父亲没准儿脑子也不靠谱。

特洛特：嗯，这也有可能。

莫莉：假如当年他当过日本人的阶下囚，在那里吃过不少苦头，然后回到家——假如他一回来就发觉老婆送了命，几个孩子又遭此大难，有一个还死在这上面，那他说不定就要想不通啦，一门心思要——报仇！

特洛特：这只是猜测而已。

莫莉：但也有可能啊？

特洛特：哦，对，拉尔斯顿太太，这很有可能。

莫莉：所以凶手也可能是个中年人哪，说不定年纪更大一些。
（她暂停片刻。）先前我说起有警察打来电话，梅特卡夫
少校一副心神不定的样子，那样子挺怕人的呢。他真的
是这样呢。我瞧见他的脸了。

特洛特：（一边思忖一边说）是梅特卡夫少校吗？（他走到台中
央的扶手椅前坐下来。）

莫莉：他正值中年。又在军队里当差。他这人看上去是挺和气
的，也没一丁点儿异常——不过，真要有异常，也不一
定会让人看出来啊，对不对？

特洛特：没错儿。往往是一点儿也看不出来的。

莫莉：（站起身，走到特洛特左侧）所以说嘛，有嫌疑的不单单是克里斯多弗啊。还有梅特卡夫少校呢……

特洛特：那么还有别的想法吗？

莫莉：还有，我先前说警察打来电话的时候，帕拉维奇尼先生连手里的拨火棍都掉到地上了。

特洛特：帕拉维奇尼先生。（他看上去在思索。）

莫莉：我知道他看上去年纪不小——何况还是什么外国人，诸如此类。可他的实际年龄，也许比看上去要小。瞧他一举一动的那股子灵活劲，可要比他的外表年轻得多啦，而且他脸上肯定化过妆。这一点凯思薇尔小姐也发现啦。他没准儿——哦，我知道这种说法听起来就跟传奇剧似的——可他说不定真的是乔装改扮过呢。

特洛特：您好像巴不得凶手不是莱恩先生，对吗？

莫莉：（走到壁炉前）不知怎么的，他看起来那么——那么可怜见儿的。（转过身冲着特洛特）还那么郁郁寡欢。

特洛特：拉尔斯顿太太，让我跟您说吧。我打一开始就把所有的可能性都想遍啦。可能是那个叫乔治的小孩，可能是那位父亲——也可能是别人。还有个妹妹，您记得吧？

莫莉：哦——妹妹？

特洛特：（站起身，走向莫莉）杀死莫琳·利昂的也可能是个女人。一个女人。（走到台中央）凶手把围巾拉得很高，把毡帽压得很低，您知道，凶手说话的时候还压低嗓门。因为从嗓音里很容易就听得出此人是男是女。（他在沙发桌后走来走去。）没错，也有可能是个女人。

莫莉：凯思薇尔小姐？

特洛特：（向楼梯口走去）要跟这个角色对上号的话，她看上去有点太老了。（他走上楼梯，打开书房的门，往里头看了看，然后关上门。）哦，是啊，拉尔斯顿太太，可以怀疑的范围广得很呢。（他走下楼梯）比如说，您自己就是一个啊。

莫莉：我？

特洛特：您的年纪很合适。

（莫莉刚要反对）

（打断她）别，别。记住，您现在不管做怎样的自我陈述，我眼
　　下都没办法核实。接下来还有您的丈夫。

莫莉：吉尔斯——太荒唐了！

特洛特：（慢慢走到莫莉左侧）他和克里斯多弗的年纪相差无几
　　呀。您丈夫显得老成些，而克里斯多弗·莱恩看上去要
　　年轻一点。不过实际年龄是很难看出来的。拉尔斯顿太
　　太，您对您丈夫有多了解？

莫莉：我对吉尔斯有多了解？哦，别傻了。

特洛特：你们结婚——有多久了？

莫莉：刚满一年。

特洛特：那么您认识他——是在哪里呢？

莫莉：在伦敦的一场舞会上。我们都去参加一场派对。

特洛特：您见过他家里人吗?

莫莉：他没有家里人。他们都死了。

特洛特：(意味深长地)他们都死了?

莫莉：对呀。哦，您这么一说，听上去可就不是味了。他父亲
是个律师，他母亲在他很小的时候就去世了。

特洛特：您只不过是把他的说法告诉我罢了。

莫莉：对——可是……(她转过身。)

特洛特：这事儿可不是您自己能拿得准的。

莫莉：(猛地转身)这太离谱了……

特洛特：您要是知道我们接手过多少像您这样的案子，拉尔斯
顿太太，您会吓一跳的。尤其是战争结束以后。到处都
是家破人亡。那些家伙会说自己在空军服役，要不就是

刚完成军训。爸爸妈妈都死了——一个亲戚都没有。这年头再不讲究什么家世渊源，年轻人个个都做得了自己的主——他们今儿萍水相逢，明儿就私订终身。以往但凡要订个婚，什么父母双亲啊各路亲眷啊事先都会查个底儿朝天。如今这一套全都给抛弃啦。女孩儿家直接嫁给她心仪的男人就万事大吉了。有时候，要到他们在一块过上一两年的日子以后，她才会发现丈夫以前是个携款私逃的银行职员，再不就是个逃兵之类的害群之马。您当初嫁给吉尔斯·拉尔斯顿的时候，你们俩认识多久了？

莫莉：才三个礼拜。可是……

特洛特：而且您对他一无所知？

莫莉：不是这么回事。他什么情况我都了解！我很清楚他是个什么样的人。他就是吉尔斯嘛。（面对壁炉）要对他含沙射影，说他是什么又可怕又疯狂的杀人恶魔，根本就是一派胡言。凭什么呀，那件谋杀案发生的时候他压根就不在伦敦啊。

特洛特：那么他在哪里？在这里吗？

莫莉：他到乡下去淘货啦，想买做鸡笼子用的那种铁丝网。

特洛特：结果是不是买回来了呢？（他走到书桌前。）

莫莉：没有，结果发现他们卖的那一种不合用。

特洛特：你们这边离伦敦只有三十英里，是不是？哦，您这里有一本列车时刻表？（拿起时刻表看了看）坐火车只要一个钟头——开车去时间略长些。

莫莉：（气急败坏地直跺脚）我跟您说了，吉尔斯没去伦敦。

特洛特：等等，拉尔斯顿太太。（他走到前厅，拿起一件深色大衣走回来。他走到莫莉的左侧）这是您丈夫的大衣吧？

（莫莉看了看大衣）

莫莉：（迟迟疑疑地说）对。

（特洛特从口袋里拿出一张叠好的晚报）

特洛特：《新闻晚报》。昨天的。昨天下午约莫三点半开始出街的报纸。

莫莉：我不信!

特洛特：不信吗?（拿起大衣到右后方拱门处）您不信吗?

（特洛特带着大衣穿过右后方拱门下场。莫莉坐在右前方的小扶手椅上，盯着晚报看。右前方的门缓缓打开。克里斯多弗从门外向里面窥视，看见只有莫莉一个人，就走进来。）

克里斯多弗：莫莉!

（莫莉跳起来，把报纸藏到台中央扶手椅的垫子下面。）

莫莉：哦，您可把我给吓着了!（她走到扶手椅左侧。）

克里斯多弗：他在哪里呀?（走到莫莉的右边）他到哪里去了?

莫莉：谁?

克里斯多弗：那个巡佐。

莫莉：哦，他从那边走了。

克里斯多弗：我要是走得掉就好了。不管怎么样——总得想个
　　　办法。这里有什么地方能让我藏起来吗——就在这屋子
　　　里头？

莫莉：藏起来？

克里斯多弗：是啊——避开他。

莫莉：为什么啊？

克里斯多弗：哎呀，亲爱的，他们都拼命要跟我作对呀。他们
　　　会说那些谋杀案都是我干的——特别是您丈夫。（他走到
　　　沙发右侧。）

莫莉：甭理他。（她向克里斯多弗的右边挪了一步）听着，克里
　　　斯多弗，你不能这样啦——什么事儿都想逃避——一辈
　　　子都这样。

克里斯多弗：您为什么要这么说？

莫莉：那么，是真的了，对不对？

克里斯多弗：（无助地）哦，对，千真万确。（他在沙发的左端坐下。）

莫莉：（坐在沙发的右端；和蔼可亲）你总得长大呀，克里斯。

克里斯多弗：我真希望别长大。

莫莉：那你的真名不是克里斯多弗·莱恩吧？

克里斯多弗：对。

莫莉：而且你也并没有学着当个建筑师吧？

克里斯多弗：对。

莫莉：那你为什么……？

克里斯多弗：为什么管自己叫克里斯多弗·莱恩？只是为了好玩而已。后来在学校里他们总是嘲笑我，管我叫小克里斯多弗·罗宾。罗宾——莱恩——样样都能联想。学校里的日子真糟糕。

莫莉：那你的真名叫什么？

克里斯多弗：这一点咱们不必深究吧。我是在服兵役的时候逃出来的。真是野蛮啊——我恨死那里了。

（莫莉突然露出一丝忐忑不安，让克里斯多弗给发现了。她站起身来，走到沙发的右侧。）

（站起来，走到左前方）是的，我就像是个不知其名的凶手。

（莫莉走到大餐桌的左侧，转过脸去。）

我跟你讲过，我就是符合标准的那一个。您瞧，我妈妈，我妈妈……（走到沙发后的牌桌左侧。）

莫莉：你妈妈？

克里斯多弗：如果她没有死，一切都会顺风顺水，她会关心我，照看我……

莫莉：你不能一辈子都让别人照看你啊。那些事情都是落到你自己头上的。你一定得自己来承担——你一定得处变不惊啊。

克里斯多弗：这样的事谁能做到呢？

莫莉：不对，能做得到。

克里斯多弗：您的意思是……您做到了？（他走到莫莉的左边。）

莫莉：（面向克里斯多弗）没错。

克里斯多弗：怎么回事？出过什么很糟糕的事儿吗？

莫莉：一件我一辈子都忘不了的事儿。

克里斯多弗：是不是跟吉尔斯有关？

莫莉：不是，这件事情发生以后，过了很久我才碰到吉尔斯。

克里斯多弗：那你当时一定很年轻吧。简直还是个孩子嘛。

莫莉：也许就是因为这一点，事情才会那么——糟糕。真可怕
　　呀——可怕极了……我拼命想忘掉它。

克里斯多弗：如此说来——你也在逃避了。避之惟恐不及——
　　而不是面对它？

莫莉：是啊——也许，在某种程度上，我是在逃避。

（鸦雀无声。）

　　想想看，我们直到昨天才见了第一面，倒像是彼此相知
　　已久似的。

克里斯多弗：是啊，挺奇怪的，不是吗？

莫莉：我不知道。我猜咱们俩有点儿——同病相怜吧。

克里斯多弗：不管怎么说，你认为我应该撑下去。

莫莉：呃，老实说，你还能怎么办呢？

克里斯多弗：我也许可以把那个警官的滑雪板给偷出来，我滑

雪技术可好了。

莫莉：那样就傻得离谱了。这不简直等于不打自招了吗？

克里斯多弗：特洛特巡佐本来就认为我有罪。

莫莉：不，他没有啊。至少——我不知道他到底怎么想的。

（她走到台中央的扶手椅边，从垫子底下把晚报抽出来，盯着它看。突然，她变得激情澎湃起来。）我恨他——我恨他——我恨他……

克里斯多弗：（吓了一跳）恨谁？

莫莉：特洛特警官。他硬把想法往你脑瓜里头塞。那些玩意儿压根就是莫须有，绝对不可能。

克里斯多弗：这到底在说什么呢？

莫莉：我不信！我才不会相信呢……

克里斯多弗：你不会相信什么？（他慢慢地走到莫莉身旁，把他的手搁在她肩膀上，将她的脸扳过来冲着自己）说吧——说出来吧。

莫莉：（给他看报纸）你瞧见了吗？

克里斯多弗：瞧见了。

莫莉：知道这是什么玩意吗？昨天的晚报——一份伦敦的报纸。这报纸是从吉尔斯的口袋里找出来的，可是吉尔斯昨天没去过伦敦啊。

克里斯多弗：那么，假如他一整天都在这里……

莫莉：可他没有。他开车想去买做鸡笼子用的铁丝网，却什么都没买到。

克里斯多弗：哦，那就对了，（走到台中央偏左处）也许他终究还是去了伦敦吧。

莫莉：那他为什么不告诉我？为什么他要谎称自己在乡下兜了一圈？

克里斯多弗：也许，是因为那条关于谋杀案的新闻……

莫莉：他那时并不知道出了谋杀案啊。也许他知道？他真的知道吗？（她向壁炉走去。）

克里斯多弗：尊贵的上帝呀，莫莉。你当然认为他不知道——那个巡佐也是这么想的……

（莫莉边说边穿过舞台，走到沙发左侧。克里斯多弗默默地把报纸放在沙发上。）

莫莉：我不知道那个巡佐怎么想。但他有本事让你去琢磨别人。你会追问自己，然后就开始疑神疑鬼。你会觉得那些你爱的人，或者你了解的人，其实没准就是一个——陌生人。（低声呓语）就好像在做噩梦一样。你本来站在一堆朋友中间，然后你突然注视他们的脸，你发现，他们再也不是你的朋友了——成了另一个人——他们只是在装模作样而已。也许你谁都不能相信——也许每个人都是陌生人。（用手捂住自己的脸。）

（克里斯多弗走到沙发的左端，跪在上面，把她的手从脸上挪开。吉尔斯从右前方的餐厅走了进来，一看到他们就停下了脚步。莫莉向后退，克里斯多弗坐到沙发上。）

吉尔斯：（站在门旁）我好像把什么好戏给打断了。

莫莉：不是，我们不过是在聊天罢了。我得去厨房了——那儿还有馅饼和土豆呢——而且我一定得去——收拾收拾菠菜了。（从台中央的扶手椅后向右走。）

克里斯多弗：（站起来走到中间）我来给你搭把手吧。

吉尔斯：（往后走向壁炉）用不着，你别过去。

莫莉：吉尔斯。

吉尔斯：现在可不是促膝谈心的时候。你别进厨房，离我老婆远点。

莫莉：不过其实，你瞧……

吉尔斯：（怒火中烧）离我老婆远点，莱恩。她可不能成为下一个牺牲品。

克里斯多弗：那么，你就是这么看待我的啰?

吉尔斯：这话我已经说过了，不是吗? 这栋房子里的杀人犯还
在逍遥法外——而在我看来，你就对得上号。

克里斯多弗：可对得上号的，不单单是我啊。

吉尔斯：我看不出除了你还有谁对得上号。

克里斯多弗：你的眼睛是真的瞎了吗——要不，你是在装
瞎吧?

吉尔斯：我告诉你，我是在担心我老婆的安危。

克里斯多弗：我也是。我可不想让你跟她单独留在这里。(走到
莫莉左侧。)

吉尔斯：(走到莫莉右侧边)你他妈的……

莫莉：走吧，克里斯。

克里斯多弗：我不走。

莫莉：请你走吧。克里斯多弗，求你了。我的意思是……

克里斯多弗：（步子向右挪）我不会走远的。

（克里斯多弗很不情愿地从右后方的拱门离开。莫莉走到书桌边的椅子旁，吉尔斯跟在她后面。）

吉尔斯：这都算是怎么回事啊？莫莉，你一定是疯了。恨不能让自己跟一个杀人狂一起关进厨房里。

莫莉：他不是杀人狂。

吉尔斯：你只要睁大眼睛瞧瞧，就能发觉这人根本就不太正常。

莫莉：他才不是呢。他只是心情不好。告诉你，吉尔斯，他并不危险。如果他是个危险人物，我早就知道了。反正不管怎么说吧，我能照顾好我自己的。

吉尔斯：跟鲍伊尔太太说的一模一样！

莫莉：哦，吉尔斯——别。（她向左前方走去。）

吉尔斯：（向前走到莫莉右侧）看看，你跟这个可怜巴巴的男孩子之间，到底有什么猫腻？

莫莉：你口口声声说"我们之间"，算是什么意思？我挺可怜他的——仅此而已。

吉尔斯：没准你以前就见过他。没准就是你提议他到这里来的，可你们俩还假惺惺的，就好像头一回照面似的。你们俩这副模样，全都是装出来的，不是吗？

莫莉：吉尔斯，你是不是发疯了？你怎么敢这么说？

吉尔斯：（向后走到大餐桌的中间位置）也真怪，他如此一来，居然把自己搁在了这么一个尴尬的位置上，不是吗？

莫莉：又不见得比凯思薇尔小姐、梅特卡夫少校和鲍伊尔太太更怪喽。

吉尔斯：我有一回在报上看到，说这些杀人案对女人挺有诱惑力的。看起来果然如此。（他走到中前方）你头一回见他到底是在哪里？这样有多久了？

莫莉：你真是荒谬至极。（她轻手轻脚走到右边）他昨天到了这里以后，我才头一次见到他。

吉尔斯：这话是你说的。说不定你一直都偷偷跑到伦敦去跟他相会呢。

莫莉：你很清楚啊，我已经有几个礼拜没去伦敦了。

吉尔斯：（怪腔怪调）你已经有几个礼拜没去伦敦了？果真——如此——吗？

莫莉：你到底是什么意思啊？千真万确啊。

吉尔斯：是吗？那么这又是什么呢？（他从口袋里拿出莫莉的手套，从里面抽出公共汽车票。）

（莫莉吃了一惊）

　　　这是你昨天戴的手套。你把它掉在地上了。昨天下午，我在跟特洛特巡佐说话的时候把它给捡了起来。你看看里面有什么———张伦敦的公共汽车票！

莫莉：（表情颇为心虚）哦——那个嘛……

吉尔斯：（转身走到中间偏右）这么看来，昨天你不只是进过村吧，你还去了趟伦敦。

莫莉：没错，我是去过……

吉尔斯：恰巧就是我一路飞驰着在乡下转悠的当口，多安全哪。

莫莉：（加强语气）恰巧就是你一路飞驰着在乡下转悠的当口……

吉尔斯：行啦行啦——你就招了吧。你去过伦敦。

莫莉：没错。（她从沙发前绕过走到台中央）我是去过伦敦。你也去过！

吉尔斯：什么？

莫莉：你也去过。你还带了一张晚报回来。（她从沙发上拿起报纸。）

吉尔斯：这个你是从哪里拿来的？

莫莉：就在你的大衣口袋里。

吉尔斯：谁都可以把它放在里面啊。

莫莉：是吗？不对，你是去了伦敦。

吉尔斯：没错。对，我那会儿是在伦敦。可我又没去找女人。

莫莉：（神情甚为厌恶；低声说）你没有——你敢肯定没么？

吉尔斯：呃？你是什么意思？（他离她越来越近。）

（莫莉往后退，走到左前方。）

莫莉：走开。离我远点儿。

吉尔斯：（跟着她）怎么啦？

莫莉：别碰我。

吉尔斯: 昨天你是不是到伦敦去跟克里斯多弗·莱恩约会?

莫莉: 别像个傻子似的。当然没有!

吉尔斯: 那你为什么要去?

(莫莉的神态有所变化。她仿佛梦游般地微笑起来。)

莫莉: 我——这个不能告诉你。也许——现在——我已经忘了
为什么要到那里去……(她向右后方的拱门走去。)

吉尔斯: (走到莫莉左侧) 莫莉,你怎么啦? 突然间你完全成了
另一个人。我觉得好像一点儿都不了解你了。

莫莉: 也许你从来就不了解我。我们结婚有多久了——一年了
吧? 可你其实还是对我一无所知。你不明白,在我们俩
相识以前,我做过什么,想过什么,感受过什么,遭过
什么罪。

吉尔斯: 莫莉,你疯啦……

莫莉: 行啊,我是疯了! 干吗不疯呢? 说不定做个疯子其乐无

穷呢!

吉尔斯: （发起火来）你到底是怎么了……?

（帕拉维奇尼自右后方拱门入。他走到两人中间。）

帕拉维奇尼: 好啦，好啦。我真希望你们年轻人都别说过头话。小情人一拌嘴，往往就是这个样子。

吉尔斯: "小情人拌嘴!"，说得真不错!（他走到大餐桌左侧。）

帕拉维奇尼: （走到右侧的小扶手椅前）千真万确。千真万确。我知道你们是什么意思。我年轻那会儿也是这么过来的。青春少艾——青春少艾啊——就像诗人说的那样!我想，你们结婚没多久吧?

吉尔斯: （到壁炉前）这跟您不相干，帕拉维奇尼先生……

帕拉维奇尼: （走到中前方）不相干，不相干，一点儿都不相干。不过我进来是想说，巡佐大人找不到滑雪板，恐怕他正火冒三丈呢。

莫莉：（到沙发后的牌桌右侧）克里斯多弗！

吉尔斯：什么？

帕拉维奇尼：（对吉尔斯）拉尔斯顿先生，他想了解您是不是
　　　动过。

吉尔斯：没有，我当然没动。

（特洛特从右后方拱门上，满脸通红，神情烦躁。）

特洛特：拉尔斯顿先生——拉尔斯顿太太，我是把滑雪板放在
　　　壁橱后面的，你们动过吗？

吉尔斯：当然没有。

特洛特：有人把滑雪板拿走了。

帕拉维奇尼：（到特洛特右侧。）您干吗要找滑雪板？

特洛特：雪还在往上堆呢。我在这里需要帮手，需要援军。我
　　　要踩着滑雪板到汉普顿集市的警察局去汇报。

帕拉维奇尼：可现在您走不了了——亲爱的，亲爱的……有人挖空心思就是不想让您去汇报。不过说不定有别的原因呢，不是么？

特洛特：哦，什么原因？

帕拉维奇尼：有人想逃跑。

吉尔斯：（走到莫莉右侧，问莫莉）你刚才叫了一声"克里斯多弗"，是什么意思呢？

莫莉：没什么。

帕拉维奇尼：（咯咯直笑）那么就是让咱们年轻的建筑师给顺手牵羊了吧，对不对？有意思，真有意思啊。

特洛特：真的吗，拉尔斯顿太太？（他走到大餐桌的中间位置。）

（克里斯多弗从左侧楼梯上，来到沙发左侧。）

莫莉：（轻手轻脚地走到左边）哦，感谢上帝。您总算没走。

特洛特：（走到克里斯多弗的右侧）莱恩先生，您拿过我的滑雪板吗？

克里斯多弗：（大吃一惊）您的滑雪板，巡佐先生？没有啊，我干吗要拿啊？

特洛特：拉尔斯顿太太似乎认为……（他看了看莫莉。）

莫莉：莱恩先生很喜欢滑雪。我以为他说不定拿着滑雪板——锻炼去了。

吉尔斯：锻炼？（他走到大餐桌的中间。）

特洛特：好，你们大伙儿都听着。这事儿很严重。我跟外界联系就那么一个机会，愣是给人弄走了。我要大家都到这里来——马上来。

帕拉维奇尼：我想凯思薇尔小姐已经上楼去了。

莫莉：我去叫她。

（莫莉上楼。特洛特走到左后方拱门的左侧。）

帕拉维奇尼：（走到右前方）我过来的时候，梅特卡夫少校在餐厅里。（打开右前方的那扇门，往里头看了看。）梅特卡夫少校！他不在。

吉尔斯：我想法子找找他。

（吉尔斯从右后方下。莫莉和凯思薇尔小姐下楼。莫莉走到大餐桌右侧，凯思薇尔小姐走到左侧。梅特卡夫少校从左后方书房上台。）

梅特卡夫少校：大家好啊，在找我吗？

特洛特：是滑雪板出问题了。

梅特卡夫少校：滑雪板？（他走到沙发左侧。）

帕拉维奇尼：（走到右后方拱门处，喊起来）拉尔斯顿先生！

（吉尔斯从右后方上，站在拱门前，帕拉维奇尼转过身来，坐在右前方的小扶手椅上。）

特洛特：厨房门口的那个壁橱里搁着一副滑雪板，你们二位有谁动过吗?

凯思薇尔小姐：老天爷啊，我没拿。我拿它干吗?

梅特卡夫少校：我也没碰过。

特洛特：可是，滑雪板愣是不见了。（冲着凯思薇尔小姐）您是
走哪条路到卧室去的?

凯思薇尔小姐：从后面的楼梯过去的。

特洛特：那您路上就会经过壁橱的门。

凯思薇尔小姐：您爱怎么说就怎么说——反正我不晓得您的滑
雪板在哪里。

特洛特：（对梅特卡夫少校）可您今天确实进过壁橱啊?

梅特卡夫少校：是啊，我进去过。

特洛特：恰恰就是鲍伊尔太太被杀的那个当口。

梅特卡夫少校：鲍伊尔太太被杀时，我已经进了地窖。

特洛特：那您从壁橱里穿过时，有没有瞧见滑雪板呢？

梅特卡夫少校：一点儿印象都没了。

特洛特：您没瞧见吗?

梅特卡夫少校：忘了。

特洛特：但凡当时滑雪板还搁在那里，您一定会有印象!

梅特卡夫少校：对我大声嚷嚷可没什么用，小伙子。我根本就
　　没寻思过您那该死的滑雪板。我倒是对地窖感兴趣。（他
　　走到沙发前坐下）此地的建筑结构很有意思。我打开另
　　一扇门，然后走下去。所以我说不清滑雪板是不是在
　　那里。

特洛特：（往前走到沙发左侧）您明白吧，您本人，如果想拿走
　　滑雪板，那机会可是好得很哪。

梅特卡夫少校：好，好，我承认您说得对。如果我想这么干的

话，那是有机会。

特洛特：问题是，滑雪板跑到哪里去了？

梅特卡夫少校：如果大家一起行动，应该能找到。这又不是大海捞针。滑雪板哪，这么大的玩意儿让咱们穷追猛打。想想看，只要我们大家都行动起来。（他站起来，向右走到门口。）

特洛特：别急，梅特卡夫少校。也许，您知道，也许别人就想让咱们这么干呢。

梅特卡夫少校：哦？我不明白您这话是什么意思？

特洛特：我现在处在这么一个位置上，就只能设身处地地揣度一副既疯疯癫癫又老奸巨猾的头脑。我就得问自己，他想要我们干什么，而他本人下一步又有什么样的计划？我一定得努力比他快一步。因为如果我没法比他快，那么又会有个人送命啦。

凯思薇尔小姐：不过您打心眼里并不相信吧？

特洛特：不对，凯思薇尔小姐，我相信。三只瞎老鼠。两只老

鼠已经报销了——可还有第三只啊。（往前走到台中央，
背对观众）在这里，你们一共有六个人在听我说话。有
一个就是凶手！

（一时间鸦雀无声。他们都给镇住了，忐忑不安地面面相觑。）

你们这里面有一个就是凶手，（他走到壁炉前）现在我还
不知道是哪一个，可我总会知道的。而你们这里头，还
有一个将会成为凶手下手的目标。我现在就要对这个人
说句话。（他走到莫莉身边）鲍伊尔太太对我隐瞒事
实——所以鲍伊尔太太一命呜呼。（他走到台中央。）
你——不管你到底是哪一位——也在对我隐瞒事实。
哦——别这样。因为你已经到了危急关头。不管是谁，
但凡手上已经有了两条人命，就不会在第三次心慈手
软。（他走到梅特卡夫少校右侧。）而且，说实话，你们
这些人里头到底哪一位需要保护，我都不知道。

（片刻停顿）

（走到台中央靠前位置，背对观众）说吧，现在就说，在
这里，不管是谁，只要跟那件往事沾得上一丁点儿的
边，那么，你最好还是说出来！

（片刻停顿）

好吧——你们不说。我会抓住那凶手的——对这个我一点儿都不怀疑——不过，对你们当中的某一位来说，说不定就来不及了。（他向后走到大餐桌中间位置。）我还要跟你们说一点。那凶手正得意着呢。没错，他正在洋洋得意……

（片刻停顿）

（他从大餐桌的右端绕到桌子后面。他打开右侧的窗帘，眺望窗外，然后坐在临窗椅的右端。）好吧——你们可以走了。

（梅特卡夫少校下，走进右前方的餐厅。克里斯多弗沿左侧楼梯上楼。凯思薇尔小姐走到壁炉前，斜靠在壁炉架上。吉尔斯走到台中央，莫莉跟在后面；吉尔斯停下脚步，转向右边。莫莉转身背对他，并走到台中央扶手椅后。帕拉维奇尼起身走到莫莉右侧。）

帕拉维奇尼：说到鸡肉，亲爱的太太，您有没有试过先在吐司上抹厚厚一层肥鹅肝，再夹一层薄薄的熏猪肉，然后撒上一丁点儿芥末，就着鸡肝一起吃？我跟您一起到厨房里去吧，看看有什么能搭配在一起。这活儿可真诱人。

（帕拉维奇尼挽起莫莉的右臂，起步走向右后方。）

吉尔斯：（拉住莫莉的左臂）还是我来给我太太帮忙吧，帕拉维奇尼。

（莫莉甩掉吉尔斯的胳臂）

帕拉维奇尼：您丈夫在替您担心呢。碰上这种情形，这也顺理成章嘛。他可不想让您跟我单独相处。

（莫莉甩掉帕拉维奇尼的胳臂）

他怕我有虐待狂的倾向——倒并不担心我是不是无耻之徒。（他目光淫邪）哎呀，做丈夫的，向来就不肯与人方便。（他亲吻她的手指）跟您告别……

莫莉：我相信吉尔斯并不认为……

帕拉维奇尼：他聪明过人。我没什么机会。（他走到台中央扶手椅的右侧）我有没有本事向您，向他，或者向咱们这位坚忍不拔的巡佐先生证明，我不是个杀人狂？要证明无罪有多难啊。想想看，假如反过来我真的是那个……（他哼起《三只瞎老鼠》的调子。）

莫莉：哦，别。（她走到中央扶手椅后面。）

帕拉维奇尼：可是，这小调听上去多快活啊？您不觉得吗？她操起一把大餐刀，把它们的尾巴一根根割掉——咔嚓，咔嚓，咔嚓——妙不可言啊。这动作可是会让小孩子顶礼膜拜的啊。孩子们，这些苦命的小东西。（俯身向前）有一个再也没机会长大了！……

（莫莉吓得大声嚷起来）

吉尔斯：（走到大餐桌右侧。）不准吓唬我太太。

莫莉：我有点犯傻。可您瞧——是我发现她的。她那张脸全紫了。我忘不了……

帕拉维奇尼：我明白。要将往事忘怀，有多难哪，不是吗？您确实不是那种健忘的人。

莫莉：（语无伦次地说）我得走啦——那些吃的——晚饭——拾掇拾掇菠菜——还有土豆统统都得切成片。走吧，吉尔斯。

（吉尔斯和莫莉从右后方拱门下，帕拉维奇尼倚在拱门左侧目送着他们，咧开嘴笑起来。凯思薇尔小姐站在壁炉前，陷入沉思。）

特洛特：（站起身来，走到帕拉维奇尼左侧。）先生，您对太太说了什么话呀，弄得她这么心烦意乱？

帕拉维奇尼：您是问我吗，巡佐先生？不过开了一个无伤大雅的玩笑罢了。我老是喜欢开个小小的玩笑。

特洛特：有的玩笑让人开心——而有的玩笑就不那么善意了。

帕拉维奇尼：（走到中前方）长官，我真不明白您说这话是什么意思？

特洛特：我倒是对您疑虑重重呢，先生。

帕拉维奇尼：真的吗？

特洛特：我一直就疑心您那辆汽车，怎么就会翻到雪堆里去的。（稍停片刻，拉开右侧的窗帘）怎么就那么方便呢？

帕拉维奇尼：您是说不方便吧，长官？

特洛特：（往前走到帕拉维奇尼右侧）那就得看您从哪个角度来考虑了。顺便问问，当您碰上这次——这次事故的时候，您本来是打算开到哪里去的呢？

帕拉维奇尼：哦——我是去看一个朋友。

特洛特：就住在这附近吗？

帕拉维奇尼：离这儿不太远。

特洛特：这位朋友叫什么名字，住在哪里？

帕拉维奇尼：说真的，特洛特巡佐，现在这还有什么关系吗？我的意思是，这个跟眼下的困境扯不上什么关系，是不是？（他在沙发的左端坐下。）

特洛特：资料总是越详细越好，您说过，这位朋友到底叫什么来着？

帕拉维奇尼：我没说过（他从口袋里的烟盒中拿出一支雪茄。）

特洛特：是，您是没说过，看来您也不想说。（他坐在沙发的左侧扶手上）这就很耐人寻味了。

帕拉维奇尼：但是，不想说可以有——好多好多理由啊。比如一场风流韵事——总还是小心为妙啊。那些个爱吃醋的丈夫啊。（他狠狠地盯着雪茄看。）

特洛特：您都这把年纪了，还围着女士们团团转，不觉得老了点吗？

帕拉维奇尼：我亲爱的巡佐大人，也许，我并不像看上去那么老。

特洛特：先生，这恰恰是我一直在琢磨的问题。

帕拉维奇尼：什么？（他点燃雪茄。）

特洛特：您并不像——您装扮得——那么老。有好多人都想方设法让自己显得年轻一点。假如有人居然想让自己显老——那么，别人就得问一句为什么了。

帕拉维奇尼：您问了那么多人——那您有没有问过自己？是不是有点过了？

特洛特：问自己，我也许还能找到答案——从你们这儿，我可没得到多少答案。

帕拉维奇尼：好吧，好吧——再试试看吧——我是说，假如您还有什么别的问题。

特洛特：再问一两个。昨晚您在哪里？

帕拉维奇尼：那很简单——在伦敦。

特洛特：住在伦敦的什么地方？

帕拉维奇尼：我一向住在里兹饭店的。

特洛特：我相信，那里也很舒服。那么您的常住地址呢？

帕拉维奇尼：我可不喜欢一成不变。

特洛特：那您是干什么职业的？

帕拉维奇尼：我嘛，玩投机的。

特洛特：股票经纪人？

帕拉维奇尼：不是，不是，您会错意了。

特洛特：您在这小小的游戏里自得其乐，不是吗？您对自己也
很有把握。可我对您就没什么把握了。您现在卷进了一
桩谋杀案，这点您可别忘了。谋杀可不是一场游戏，不
是闹着玩儿的。

帕拉维奇尼：难道这桩谋杀案不是场游戏吗？（他轻声地咯咯一
笑，斜睨了特洛特一眼。）天哪，您是认真的，特洛特巡
佐。我一向都觉得警察没什么幽默感。（他站起来，走到
沙发左侧。）审讯结束了吧——暂时结束了吧？

特洛特：暂时结束——没错。

帕拉维奇尼：太感谢了。我到起居室里去找找您的滑雪板。万一有人把它们藏到三角钢琴那里了呢。

（帕拉维奇尼从左前方下。特洛特目送着他，皱起眉头，向前走到门口，将门打开。凯思薇尔小姐悄无声息地向左侧的楼梯走去。特洛特关上房门。）

特洛特：（并未转头）请留步，就一会儿。

凯思薇尔小姐：（在楼梯口停下来）您在跟我说话吗？

特洛特：对。（走向台中央的扶手椅）也许您能过来，坐到这里来？（他替她摆好扶手椅。）

（凯思薇尔小姐警觉地看着他，走到沙发前。）

凯思薇尔小姐：行啊，您想要什么？

特洛特：我刚才问帕拉维奇尼先生的问题，您也许听到了几个？

凯思薇尔小姐：我是听到了。

特洛特：（走到沙发右端）我想从您这里了解一些情况。

凯思薇尔小姐：（走到台中央的扶手椅前，坐下来）您想知道
什么？

特洛特：请报您的全名。

凯思薇尔小姐：莱斯利·玛格丽特·（她暂停片刻）凯瑟琳·凯
思薇尔。

特洛特：（声音略有异样）凯瑟琳……

凯思薇尔小姐：头一个字母是 K。

特洛特：很好。地址呢？

凯思薇尔小姐：马略卡岛，派恩多尔，马里波萨别墅。

特洛特：在意大利吗？

凯思薇尔小姐：那是个小岛——在西班牙。

特洛特：我懂了。那么您在英国的地址呢？

凯思薇尔小姐：信件由利登霍尔大街的摩根银行转交。

特洛特：在英国就没有别的地址了？

凯思薇尔小姐：没有。

特洛特：您到英国多久了？

凯思薇尔小姐：一个礼拜。

特洛特：那您抵达英国后，先前是住在……？

凯思薇尔小姐：住在伦敦骑士桥的莱伯里饭店。

特洛特：（坐在沙发右端）那您是怎么会跑到群僧井庄园来的，
　　　凯思薇尔小姐？

凯思薇尔小姐：我想找个安静的地方——在乡下。

特洛特：那您原本打算——或者说眼下您打算在这里住多久？

（他开始用右手缠住头发捻来捻去。）

凯思薇尔小姐：我到这里来有事要办，我住到我办完为止。（她
　　　　注意到他在捻头发。）

（特洛特抬起头来，被她话里的那股气势吓了一跳。她凝视
着他。）

特洛特：那么是什么呢?（停顿片刻。）

　　　　什么呢?（他的手停下来，不再捻头发。）

凯思薇尔小姐：（大惑不解地皱起眉头）啊?

特洛特：您到这里来，是为了办什么事的?

凯思薇尔小姐：不好意思。我走神了。

特洛特：（起身走到凯思薇尔小姐左侧）您还是没有回答我的
　　　　问题。

凯思薇尔小姐：您知道，老实讲我并不觉得有这个必要。这事

儿只跟我本人有关。一件地地道道的私事儿。

特洛特：不管怎么说，凯思薇尔小姐……

凯思薇尔小姐：（起身向壁炉走去）不，这件事我不想跟您
　　　争论。

特洛特：（跟在她身后）那么能否把您的年龄告诉我？

凯思薇尔小姐：没问题。就写在我的护照上。我二十四岁。

特洛特：二十四岁？

凯思薇尔小姐：您一定在想，我看上去年纪要更大一些。说得
　　　没错儿。

特洛特：在英国，有没有人可以——替您做担保？

凯思薇尔小姐：关于我的财务状况，我的银行可以向您担保。
　　　我也可以让您去找一位法律顾问——那是一个谨小慎微
　　　的人。我现在这个处境，没法提供社会关系方面的证
　　　明。我活到现在，大部分时间都住在国外。

特洛特：在马略卡岛？

凯思薇尔小姐：既有马略卡岛——也有别的地方。

特洛特：那您生在国外？

凯思薇尔小姐：不，我是在十三岁那年离开英国的。

（片刻的沉寂，气氛略显紧张。）

特洛特：您知道，凯思薇尔小姐，您让我很难捉摸。（稍稍向左
　　　边退。）

凯思薇尔小姐：这很要紧吗？

特洛特：我不知道。（他坐在台中央的扶手椅上）您到底来这里
　　　做什么呢？

凯思薇尔小姐：这事儿好像让您挺担心的。

特洛特：确实让我挺担心……（他盯着她）您在十三岁那年去了
　　　国外？

凯思薇尔小姐：十二——三岁——差不多吧。

特洛特：那时候您就姓凯思薇尔吗？

凯思薇尔小姐：这是我现在的姓。

特洛特：那时候您姓什么？说吧——跟我说说！

凯思薇尔小姐：您想证明什么呢？（她乱了方寸。）

特洛特：我就想知道您在离开英国的时候姓什么。

凯思薇尔小姐：那是很久以前的事了。我已经忘了。

特洛特：总有些事情，是忘不了的。

凯思薇尔小姐：可能吧。

特洛特：痛苦——绝望……

凯思薇尔小姐：我猜……

特洛特：您到底叫什么名字？

凯思薇尔小姐：我告诉过您了——莱斯利·玛格丽特·凯瑟琳·凯思薇尔。（坐在右前方的小扶手椅上。）

特洛特：（起身）凯瑟琳……？（他站到她跟前）真见鬼，您到这里来，究竟要干什么啊？

凯思薇尔小姐：我……哦，上帝啊……（她站起来，走到台中央，跌倒在沙发上。她哭起来，摇来晃去。）我真想跟上帝许愿，压根儿就没来过这里，该有多好！

（特洛特吓了一跳，移步到沙发右侧。克里斯多弗从左前方的门口上。）

克里斯多弗：（来到沙发左侧）我一直以为警察是不可以逼供的。

特洛特：我只是在盘问凯思薇尔小姐而已。

克里斯多弗：您好像让她心烦意乱。（对凯思薇尔小姐）他干了点什么啊？

凯思薇尔小姐：没，没什么。只是这——这一切——谋杀——
太可怕了。（她站起来，面对特洛特。）突然落到我头
上。我要上楼回自己的房间去。

（凯思薇尔小姐走上左侧楼梯。）

特洛特：（走到楼梯口抬头目送她）这不可能⋯⋯我没法相
信⋯⋯

克里斯多弗：（往后走，斜靠在书桌旁的椅子上）有什么事情是
连您都没法相信的？难道就像那个红王后讲的——"早
餐前相信六件不可能发生的事"①？

特洛特：哦，没错。差不多就是这样。

克里斯多弗：天啊！——您看上去就像是撞鬼了。

特洛特：（恢复了他的一贯举止。）我看见了我早该看见的事。

---

① 这个典故出自《爱丽丝镜中奇遇记》，其中的人物"红王后"曾经与爱丽丝有
一段著名的对话。爱丽丝说："一个人不会相信不可能发生的事情。"红王后
答道："我在你那个年纪的时候，经常是一天试半小时。有时候在早饭前我就
相信了六件之多的不可能发生的事情。"

（他走到台中央。）我可真是瞎了眼。不过现在，我想我们已经可以理出点头绪了。

克里斯多弗：（措辞甚为无礼）这个警察有线索了。

特洛特：（走到沙发后的牌桌右侧；语气里含着几分威胁。）是啊，莱恩先生——这个警察终于还是找到线索了。我想让大家再聚到一起来。您知道他们都在哪里吗？

克里斯多弗：（走到特洛特左侧）吉尔斯和莫莉在厨房里。我刚才在帮梅特卡夫少校找您的滑雪板，我们把每一个好玩的地方都给找遍了——可是一无所获。我不知道帕拉维奇尼在哪里。

特洛特：我去找他。（他往右前方走，来到门口。）您去找别人。

（克里斯多弗从右后方下）

（特洛特打开房门）帕拉维奇尼先生。（走到沙发前）帕拉维奇尼先生。（回到门口喊起来）帕拉维奇尼！（向后走到大餐桌中间位置。）

（帕拉维奇尼乐呵呵地从左前方上）

帕拉维奇尼：怎么了，巡佐先生？（他走到书桌边的椅子旁。）
我能帮您什么忙呢？咱们年纪轻轻的警察先生把他的滑
雪板给丢了，哪里都找不到。那就随它们去吧，总会回
来的，后边还能拽出一个凶手来呢！（他走到左前方。）

（梅特卡夫少校穿过右后方的拱门上台。吉尔斯、莫莉从右后方
上，身边跟着克里斯多弗。）

梅特卡夫少校：这都是怎么回事啊？（他往前走到壁炉前。）

特洛特：请坐，梅特卡夫少校，拉尔斯顿太太……

（谁都没坐。莫莉走到台中央的扶手椅后方，吉尔斯走到大餐桌
右侧，克里斯多弗站在他俩中间。）

莫莉：我非来不可吗？现在很不方便呢。

特洛特：总有比吃饭更要紧的事，拉尔斯顿太太。比方说吧，
鲍伊尔太太就再也不需要吃饭了。

梅特卡夫少校：这么说话可不够策略啊，巡佐。

特洛特：对不起，可我真的需要各位配合。拉尔斯顿先生，您
　　　是否能去请凯思薇尔小姐再下来一次？她上楼回自己的
　　　房间了。告诉她只需要几分钟就可以了。

（吉尔斯从左侧楼梯下）

莫莉：（走到大餐桌右侧）巡佐，您的滑雪板找到了吗？

特洛特：没有，拉尔斯顿太太。不过，我得说，对于谁拿走了
　　　滑雪板、为什么要拿走，我有了相当缜密的推理。不
　　　过，现在我不想多说。

帕拉维奇尼：请别说出来。（他往后走到书桌边的椅子旁。）我
　　　一向认为，应该捱到最后一刻，才能水落石出。那激动
　　　人心的最后一章，您知道的！

特洛特：（责备他）这可不是场游戏，先生！

克里斯多弗：不是吗？可我觉得您错了。我觉得这就是场游
　　　戏——对某人而言。

帕拉维奇尼：您在想，现在凶手正在洋洋得意呢。没准儿——
    没准儿。（他坐在书桌边的椅子上。）

（凯思薇尔小姐已经心平气和，她和吉尔斯一起从左侧楼梯
下来。）

凯思薇尔小姐：出什么事了？

特洛特：请坐，凯思薇尔小姐，拉尔斯顿太太……（凯思薇尔小
    姐坐在沙发右侧扶手上，莫莉往前走到台中央的扶手椅
    前坐下，吉尔斯仍然站在楼梯口。）

（特洛特的口吻相当正式）请各位注意听，行吗？（他坐在大餐
    桌中间。）你们可能记得，在鲍伊尔太太被谋杀后，我
    向你们每一位都取了证。这些证词叙述了你们在案发时
    各自所在的位置。这些证词是这么说的：（他查看他的笔
    记本）拉尔斯顿太太在厨房里，帕拉维奇尼先生在起居
    室里弹钢琴，拉尔斯顿先生待在自己的卧室里，莱恩先
    生也一样，凯思薇尔小姐在书房，梅特卡夫少校（顿了
    顿，看着梅特卡夫少校）在地窖里。

梅特卡夫少校：正是。

特洛特：这就是你们提供的证词。我没有办法核实。它们可能
是真的——也可能不是。再说明白些，证词里有五份是
真的，但有一份是假的——是哪一份呢？（他停住口，将
众人挨个儿看过去。）你们这里面有五个讲了真话，有
一个说了谎。我有个计划，也许可以帮我找出是谁说了
谎。一旦我能找出你们谁对我撒了谎——那么我就能知
道谁是凶手了。

凯思薇尔小姐：未必吧。有人说谎，也许是因为某些别的原
因呢。

特洛特：我很怀疑。

吉尔斯：可您到底打什么主意呢？您刚才说过，没有办法核实
证词。

特洛特：没错，可是假设让每个人都把当时的行动重复一
遍——

帕拉维奇尼：（叹气）哦，老一套。重构罪案。

吉尔斯：真是个古怪的念头。

特洛特：并不是什么重构罪案，帕拉维奇尼先生，人们表面看起来都清清白白，所以要把他们当时的一举一动，重新构建。

梅特卡夫少校：那您指望得出什么结论呢?

特洛特：请原谅我眼下不能说得那么清楚。

吉尔斯：您想——重来一遍?

特洛特：是的，拉尔斯顿先生，我就是这个意思。

莫莉：这就是个捕鼠器啊。

特洛特：捕鼠器，您这是什么意思?

莫莉：反正是个捕鼠器。我清楚得很。

特洛特：我只想让大家把先前的行动亦步亦趋地重来一遍。

克里斯多弗：（也是将信将疑）可我不明白——我就是不明白——让大家把先前的行动重来一遍，您到底希望能有什么发现？我觉得这根本是异想天开。

特洛特：您也这么想吗，莱恩先生？

莫莉：行啦，您可别把我算上。我在厨房里忙得正欢呢。（站起来向右后方走去。）

特洛特：我谁也没法不算。（他站起身环顾四周。）看看你们这一张张脸，不管谁看见，几乎都能认定，你们统统犯了罪！你们为什么都那么不情愿呢？

吉尔斯：当然啦，您的话总得照办啊，巡佐大人。我们都会配合的。呃，莫莉？

莫莉：（老大不情愿）好吧。

吉尔斯：莱恩呢？

（克里斯多弗点点头。）

那么凯思薇尔小姐呢？

凯思薇尔小姐：行。

吉尔斯：帕拉维奇尼呢？

帕拉维奇尼：（举起双手）哦，行啊，我赞成。

吉尔斯：梅特卡夫呢？

梅特卡夫少校：（慢悠悠地）好。

吉尔斯：我们是不是都得把先前做过的事情重来一遍？

特洛特：对，一举一动都得来一遍。

帕拉维奇尼：（站起来）那我就回起居室，到钢琴边上去。我得
　　再用一根手指把那首凶手的主题歌弹一遍。（他一边唱，
　　一边伸出手指比划）噔，噔，噔——噔，噔，噔……（他
　　向左前方走去。）

特洛特：（走到中前方）别那么急嘛，帕拉维奇尼先生。（对莫
　　莉）您会弹钢琴吗，拉尔斯顿太太？

莫莉：我会。

特洛特：您知道"三只瞎老鼠"的调子吗?

莫莉：我们不是都知道吗?

特洛特：那您就可以像帕拉维奇尼先生一样,用一根手指在钢琴上弹这支曲子了。

(莫莉点点头)

好。请您到起居室里,坐在钢琴前面,我给您一个信号,您就弹。

(莫莉从沙发前绕过,向左走去。)

帕拉维奇尼：可是,巡佐,按我的理解,我们每个人的角色,都应该跟先前一模一样啊。

特洛特：行为是要重演的,但并不一定要让同一个人来完成啊。谢谢您,拉尔斯顿太太。

（帕拉维奇尼打开左前方的门。莫莉下。）

吉尔斯：我不明白这有什么好处。

特洛特：（向后走到大餐桌中间位置）有好处。这是一种核实原始证词的方法，也许对其中的某一份证词更有效。现在，请大家都听好了。我要给你们每一位分配个新角色。莱恩先生，您能不能到厨房里去？就帮拉尔斯顿太太照看一下晚餐。我相信，您很喜欢做菜的。

（克里斯多弗从右后方下）

　　帕拉维奇尼先生，您能否上楼到莱恩先生的房间去。从后楼梯上去最方便了。梅特卡夫少校，您到拉尔斯顿先生的房间里去检查一下那里的电话。凯思薇尔小姐，您不介意下到地窖里去吧？莱恩先生会为您指路的。很遗憾，我需要有人来重复我先前的动作。抱歉，只能请您帮忙了，拉尔斯顿先生，您就从窗口爬出去，循着电话线绕着房子走到大门附近吧。这活儿干起来够冷的——可这里头，身体最壮实的人可能就是您了。

梅特卡夫少校：那您自己打算干什么呢？

特洛特：（走到收音机旁，先拧开，再关上。）我得装扮成鲍伊尔太太的角色。

梅特卡夫少校：有点冒险哦，不是吗？

特洛特：（围着书桌打转）你们各就各位，呆着别动，听到我叫你们再行动。

（凯思薇尔小姐站起来从右后方下。吉尔斯走到大餐桌后面，拉开右侧的窗帘。梅特卡夫少校从左后方下。特洛特向帕拉维奇尼点头示意，让他离开。）

帕拉维奇尼：（耸耸肩）真是一场室内游戏！

（帕拉维奇尼从右后方下）

吉尔斯：我穿一件外套，您没意见吧？

特洛特：我也建议您穿上，先生。

（吉尔斯在门厅处拿起他的大衣，穿上以后回到窗前。特洛特走到大餐桌后的中间位置，在笔记本上写了几句。）

带上我的手电筒，先生，就在窗帘后边。

（吉尔斯从窗口爬出去，下台。特洛特走进左后方书房的门口，下台。没过多久，他又走回来，关上书房的灯，向后走到窗前，关上窗、拉上窗帘。他走到壁炉前，身子埋进大扶手椅里。稍坐片刻以后，他站起来走到左前方。）

（喊道）拉尔斯顿太太，数到二十，然后就开始弹吧。

（特洛特关上左前方的房门，然后走到楼梯口，目光游离。"三只瞎老鼠"的旋律在钢琴上响起。不一会儿，他走到右前方，关掉右侧的壁灯，然后走到右后方，关掉左侧的壁灯。他快步往前走到桌上的台灯边将它打开，然后走到左前方的门口。）

（喊道）拉尔斯顿太太！拉尔斯顿太太！

（莫莉从左前方上，走到沙发后面。）

莫莉：在，怎么啦？（特洛特关上了左前方的门，斜靠在面向前台那一侧的门帮上）您看起来挺得意的嘛。您想找的东西找到了吧？

特洛特：我确确实实找到了我想要的东西。

莫莉：您知道凶手是谁了？

特洛特：对，我知道了。

莫莉：是哪一个啊？

特洛特：您应该知道的，拉尔斯顿太太。

莫莉：我？

特洛特：对，知道吗，您真是笨到家了。您对我隐瞒真相，招
　　　来杀身大祸。到头来，您就不止一次地置身于极度危险
　　　的境地了。

莫莉：我不明白您的意思。

特洛特：（慢吞吞地从沙发后面绕过，行至沙发右侧，神情仍旧
　　　既自然又友善）过来吧，拉尔斯顿太太。我们警察可不
　　　像您想的那么木头木脑。自始至终，我都能觉察到您对
　　　长岭农场案了如指掌。您知道鲍伊尔太太是那位涉案的

地方法官，实际上，您对整件事情都心知肚明。那您为什么不能直截了当地说出来呢？

莫莉：（深受震撼）我也不知道。我想忘记——想忘记。（她坐在沙发左端。）

特洛特：您娘家姓沃林吧？

莫莉：对。

特洛特：沃林小姐。您曾经在学校里当老师——就在那几个孩子就读的那所学校。

莫莉：对。

特洛特：吉米，那个送了命的孩子，曾经寄过一封信给您，这事是真的，不是吗？（他坐在沙发右端）那封信是求援的——向他那善良而年轻的女教师求援的！可是您根本就没有答复！

莫莉：我没法答复。我根本就没收到信！

特洛特：您就这样——漠不关心。

莫莉：不是这么回事。我病了。就在那一天我得了肺炎。这封信就跟别的东西一道给搁在了一边。过了几个礼拜以后我才从好多别的信件中发现了它。可当时那个可怜的孩子已经死了……（她闭上眼睛）死了——他死了……眼巴巴地等着我去帮他一把——盼星星盼月亮地等着——渐渐地失去希望……哦，从此以后这事就一直缠着我……但凡我没生病——但凡我早点知道……噢，发生这样的事情，真是场噩梦啊！

特洛特：（他的声音突然粗重起来）对，是场噩梦。（他从口袋里掏出手枪。）

莫莉：我以为警察是不能带枪的……（她突然看到特洛特脸上的表情，不由恐慌地喘起粗气来。）

特洛特：警察是不带……可我不是警察，拉尔斯顿太太。您之所以认为我是个警察，只不过因为我从电话亭里打电话来，说我人在警察局，告诉您特洛特巡佐正在半路上；我走到大门前的时候已经切断了电话线。您知道我是谁吗，拉尔斯顿太太？我是乔治亚——我是吉米的哥哥乔治亚。

莫莉：噢。（慌乱地四处张望。）

特洛特：（站起来）您最好不要大喊大叫，拉尔斯顿太太——因
为您一叫我就会开枪……我倒是乐意跟您谈几句。（他转
过头去。）我说我乐意跟您谈几句。吉米死了。（他的语
气变得既朴实又稚气。）那个下流的残忍的女人把他给
弄死了。他们把她送进了监狱。可光受监狱那点罪，对
她怎么够呢。我说过总有一天我要杀了她……我也做到
了。就在雾中。那真是带劲啊。我真希望吉米能知道。
"等我长大了我要把他们全杀光。"我当时就是这么对
自己讲的。因为大人就可以为所欲为！（兴高采烈地）再
过一会儿我就要把您给杀了。

莫莉：您最好别这么干。（她竭力劝说。）您知道，您是不可能
安全脱身的。

特洛特：（恨恨地）有人把我的滑雪板给藏起来了！我哪里都找
不到。不过没关系。到底是不是走得掉，我其实已经无
所谓了。我累了。这一切都是那么好玩儿。观察你们每
一个人。还能装扮成一个警察。

莫莉：手枪的声音会很响很响。

特洛特：没错。我的老办法要好得多，掐住您的脖子。（他向她缓缓逼近，嘴里吹着"三只瞎老鼠"的调子。）这是捕鼠器上的最后一只小老鼠。（他把手枪扔到沙发上，斜着身子向她扑过去，左手捂住她的嘴，右手卡住她的脖子。）

（凯思薇尔小姐和梅特卡夫少校从右后方的拱门处现身。）

凯思薇尔小姐：乔治亚，乔治亚，你认识我的，不是吗？那片农场你不记得了吗，乔治亚？那些动物，那只又老又肥的猪，还有那天，那头追着我们在田野里到处跑的公牛。还有那些小狗……（她走到沙发后的牌桌左侧。）

特洛特：小狗？

凯思薇尔小姐：对啊，一只叫斑斑，一只叫小白。

特洛特：你是凯茜？

凯思薇尔小姐：对，是凯茜——你现在记起我是谁了，对吗？

特洛特：凯茜，是你！你到这里来干什么啊？（他起身走到沙发后的牌桌右侧。）

凯思薇尔小姐：我到英国来找你啊。看到你缠着自己的头发直打圈，我才把你给认出来——你以前一直这样的。

（特洛特缠住头发打起圈来。）

　　对对，你以前一直是这样的。乔治亚，跟我来。（斩钉截铁地）你跟我来。

特洛特：我们到哪里去呢？

凯思薇尔小姐：（柔声说话，就像对着一个孩子。）没事了，乔治亚。我要把你带到一个地方去，那里会有人照顾你，会把你看好，不让你再伤害别人啦。

（凯思薇尔小姐牵着特洛特的手，上楼下场。梅特卡夫少校打开灯，走到楼梯口，抬头往上看。）

梅特卡夫少校：（喊）拉尔斯顿！拉尔斯顿！

（梅特卡夫少校上楼下场。吉尔斯从右后方的拱门上台，冲到沙发前来到莫莉面前，揽住她坐下来，把手枪扔到沙发后的牌桌上。）

吉尔斯：莫莉，莫莉，你不要紧吧？亲爱的，亲爱的！

莫莉：哦，吉尔斯。

吉尔斯：做梦也想不到那居然会是特洛特啊！

莫莉：他疯了，疯得厉害。

吉尔斯：是啊，可是你……

莫莉：我跟整件事扯得上关系，那时我在那所学校里教书。可那并不是我的错啊——可他觉得我本来可以救那个孩子的。

吉尔斯：你应该早点告诉我。

莫莉：我想忘掉。

（梅特卡夫少校从楼梯口上台，走到台中央。）

梅特卡夫少校：事情都安排停当了。一帖镇静剂就能让他立马
　　　　昏睡过去——他姐姐正在照看他。不用问，可怜的家伙
　　　　真是疯狂至极。我一直就怀疑他。

莫莉：真的吗？难道您不相信他是个警察？

梅特卡夫少校：我知道他不是警察。您瞧，拉尔斯顿太太，我
　　　　才是警察。

莫莉：您？

梅特卡夫少校：我们一拿到那本写着群僧井庄园的笔记本，就
　　　　觉得当务之急，是得派人赶到现场。我们跟梅特卡夫少
　　　　校说明了情况，他同意让我冒用他的身份。等特洛特出
　　　　现的时候，我有点摸不着头脑。（他看到沙发后的牌桌上
　　　　搁着手枪，就捡起来。）

莫莉：那凯思薇尔小姐是他姐姐吗？

梅特卡夫少校：对，好像直到水落石出之前，她才刚刚认出

他。她不知所措，不过挺走运，她还是来找我了，很及时。好了，雪开始化啦，援兵马上就到。（往后走到右侧拱门处）哦，顺便提一句，拉尔斯顿太太，我会把那副滑雪板拿走的。我把它们藏在那张四柱大床的顶上啦。

（梅特卡夫少校从右后方下）

莫莉：我还以为是帕拉维奇尼干的呢。

吉尔斯：我猜他们会把他的车细细地搜一遍，如果他们在备用轮胎里找到上千只瑞士表，我也不会吃惊的。没错，这不就是他干的那一行嘛，偷鸡摸狗的营生。莫莉，我想你以为我……

莫莉：吉尔斯，你昨天去伦敦干什么了？

吉尔斯：亲爱的，我想给你买件周年纪念的礼物啊。今天我们结婚刚好满一年嘛。

莫莉：哦，我去伦敦也是为了这个，而且我不想让你知道。

吉尔斯：不会吧。

（莫莉起身走到书桌前，从柜子里取出包裹。吉尔斯站起来，走到沙发后的牌桌右侧。）

莫莉：（把包裹交给他）是雪茄烟。但愿它们都安然无恙。

吉尔斯：（打开包裹）哦，亲爱的，你真可爱。好漂亮啊。

莫莉：你真的会抽吗？

吉尔斯：（雄赳赳气昂昂地）我会抽的。

莫莉：那我的礼物是什么呢？

吉尔斯：哦，对了，你的礼物我差点全忘了。（他冲到门厅的柜子边上，拿出帽盒，走回来。骄傲地）是一顶帽子。

莫莉：（吃了一惊）帽子？可我从来都不戴帽子的呀。

吉尔斯：所以要戴就戴最好的。

莫莉：（拎出帽子）哇，多可爱啊，亲爱的。

吉尔斯：戴上看看。

莫莉：待会儿吧，我得把头发梳梳整齐。

吉尔斯：这有什么要紧啊，不是吗？店里的姑娘说这顶帽子的款式是最最时髦的。

（莫莉戴上帽子。吉尔斯走到书桌前。梅特卡夫少校从右后方冲进来。）

梅特卡夫少校：拉尔斯顿太太！拉尔斯顿太太！厨房里冒出一股很难闻的焦味儿！

（莫莉三步并作两步向右后方冲去，奔向厨房。）

莫莉：（带着哭腔）哎呀！我的馅饼！

（幕急落）

译后记

一

数年前我在一篇随笔里提过阿加莎·克里斯蒂（Agatha Christie）：

"据说她一生波澜不兴，最曲折的故事是有过一次离异，不过紧接着便梅开二度，自此白头偕老。不管从哪个角度看，她既缺少大喜大悲大惊大险的经历可以当素材，也几乎没有花花草草的新闻可以当谈资。再对照她的作品，不免有些毛骨悚然了。一个普普通通的英国妇女，一辈子在打字机上鼓捣了八十个杀人游戏，你想她每天喝下午茶的时候在琢磨什么？决定凶器是一把门缝里插进来的夺命刀，还是一支呼啸着穿过树林的离魂箭吗？

"但她的故事当真是好看，不是展示血淋淋的恶心，而是近乎挑战你极限的智慧角力。而且，几乎肯定地，你会输得很难看。"

在接连翻译了两部克里斯蒂的著作（小说《空谷幽魂》和

这部剧本）之后，我对"阿婆"（中国克里斯蒂迷对她的昵称）的故事何以"好看"，何以让你"输得很难看"，有了更确凿的体会。凶杀现场草图上的每一条路线，嫌疑犯每句话、每个字的特殊语气、大故事框架里的每一件小道具，都是克里斯蒂的取胜之道。而我在揣摩推敲的过程里，又总被字里行间透出的某种细腻的温情所打动。这也许是克里斯蒂与柯南道尔最大的分别。她的故事始终洋溢着分量十足的游戏感，但游戏背后有感伤的调子在隐隐低回——不晓得这样说是不是比较悬乎，反正我相信，那是属于女性直觉范畴里的宿命意识（就好比，大多数女人都对星座学天生敏感，说到这个话题，永远可以口吐莲花）。一场精密的谋杀出于设计而又不完全出于设计——这种感觉在克里斯蒂的著作中几乎是标志性的。她喜欢时而俏皮、时而忧郁地提醒我们：在设计的背后有更严密的设计，而更严密的设计背后，则是我们谁也无法设计的，命运。

从这个意义上讲，或许，"阿婆"一丝不苟地将那些游戏设计得摇曳生姿，本身就是一种与命运讲和的方式：我们都拼不过你，但至少，有时候，我也看得破你的机关，可以跟你开一个雅致的玩笑……

二

究竟有多少人被阿加莎·克里斯蒂的玩笑感染过？

译后记写到这样的地方，照例可以松一口气，因为接下来可以理直气壮地抄书抄网络，捧出一堆数字来"弹眼落睛"。最耳熟能详的一句广告语是：除了《圣经》和莎士比亚之外，她是世上卖得最好的作家，其名下的八十部作品被译成一百多种文字出版，迄今累计销量超过二十亿册。一种富有煽动性的统计方式显示，在这个星球上，每隔七秒钟就有一部"阿婆"的作品被兑换成英镑、美元、法郎……以及人民币。

这位一八九○年生于德文郡的女作家，以八十六岁高龄终老，在世期间即享受了无上荣光：一九六二年，联合国教科文组织宣告克里斯蒂是全球阅读面最广的作家；一九五六年获颁大英帝国勋章，一九七一年再度受勋，头顶上多了个爵士头衔。自一九二○年开始，她一直保持着每年出版一至两部推理著作的速度，每次出手都不曾让销售商失望。不曾失望的还有那些始终将她的灵感视为金矿的电影制片商（还需要列举《尼罗河上的惨案》和《东方快车谋杀案》吗？），以及一代又一代沉迷在"阿婆"的世界里无法自拔的读者们。

在这条匀速行进的顶级流水线上，五十六部推理小说足以排开蔚为壮观的阵势，而笼罩在小说上的光环多少遮蔽了克里斯蒂在戏剧领域同样卓著的成就。其实，细细盘点，可以排在克里斯蒂名下的剧本有二十二部之多，不过这份名单与她的小说列表有相当程度的交叉，其中大多数都是先有小说再改编成剧本的（有七本系其他剧作家根据其原著改编而成）。

《捕鼠器》（Mousetrap）算个例外。从一开始，它就是以不依附于任何小说的独立面目出现的。说起来这个剧本也算为书迷量身定做，只是这位书迷的身份委实特殊了一些：一九四七年，英国女王伊丽莎白二世的祖母——玛丽皇后八十庆生，BBC广播筹划制作一套特别节目作为贺礼。玛丽皇后否决了莎士比亚，因为，"我只想要阿加莎·克里斯蒂！"没过多久，克里斯蒂拿出了临时编写的《三只瞎老鼠》（Three Blind Mice），这个历时仅三十分钟的广播剧便是《捕鼠器》的雏形。

《捕鼠器》登上英格兰中北部的巡演舞台时，已经过作者的反复修改，扩充成了两个多小时的舞台剧。一九五二年，该剧在伦敦西区正式上演。起初，克里斯蒂对这个仿佛信手拈来的小玩意并不乐观，以为它最多只能红火半年。名角理查德·阿登伯罗的加盟，似乎第一次使得这出戏的非凡特质为世人所见，某晚谢幕曾多达七次。两年后，阿登伯罗离开剧院，观众数量随之回落，剧院一时沉不住气，着手洽谈新剧目。但消息一传开，观众们戏剧性地蜂拥而至，于是，The show must go on。一九七四年三月，该剧转至圣·马丁剧院，即便在搬家当晚，观众仍然聚在剧院里享受"谋杀的快感"。一项吉尼斯世界纪录因此而诞生：《捕鼠器》成为迄今为止全球连续上演时间最长的剧目。

截至二〇〇三年的数据，该剧更换过二十位导演、三百二十一名演员（全剧共八个角色），一百五十六位替补演员，先后在四十四个国家上演，观众约一千万人次。而剧中的两位演员——大卫·拉文和南茜·西布鲁克，伴着《捕鼠器》分别度过了十一年和十五年的光阴，也因此拿到了吉尼斯世界纪录的证书。如同所有被爱戴了五十多年的作品一样，《捕鼠器》的粉丝团也有自己的势力范围——他们组建自己的俱乐部，每逢这出戏更换演员，他们就会像过节一样赶来捧场。

三

　　分析推理类作品不是一件讨好的事，其最大的难度在于：无论是情节还是人物，你都没办法说透。"阿婆迷"们在网站上发的帖子，凡是抖搂出情节走向的都不忘在标题上加个括号"泄底慎人"，原因不言自明——没读过书的，若是一不小心先知道了杀人的到底是谁，那种即时升起的沮丧与愤怒，估计是连杀人的心都会有的。

　　我只能说，作为克里斯蒂的名篇，《捕鼠器》首先具备了诸多与"阿婆"这个品牌可以画上等号的元素：封闭的空间（"群僧井庄园"家庭旅社，大雪封路，客人到齐以后就出不去），开放的时间（血案的缘起，可以追溯到十多年前的一桩旧事，现时的人物是玩偶，一举一动都要受往昔的操纵），人物的真实身份暧昧错杂（谁都好像具备杀人的条件，但谁都似乎同时具备揭穿罪犯的能力，两两之间都能互相牵制……），而凶案在被破解的同时也在往纵深发展。

　　整个过程，实在像极了公司白领们爱玩的杀人游戏。谎言，真话，欲盖弥彰的眼神，看不见血腥，但听得见心跳。

　　上述元素完全适合用古典戏剧的"三一律"（一个故事，一天时间，一个场景）原则来展示，而《捕鼠器》又确实将这种融合发挥到极致。相对于克里斯蒂的其他剧本，《捕鼠器》更长于在极简单的场景里展开极错综的情节，类似于在钢丝上舞蹈。悬念的最终揭示，也是一如既往的意料之外、情理之中。作者本人的说法也许更为周全："它是一出你可以带任何人去看的戏。它并非真正恐怖，也并非确凿的闹剧，但是这些因素，它多少都有一点，也许正因为如此，众多怀着不同期待来的人，都能同时得到满足。"

　　比起亲临现场观摩这部创造了世界纪录的舞台剧来，阅读剧本也许只在以下环节上能凸显优势：当你读完第一遍，恍然大悟凶手究竟是哪一位时，你会忍不住再回过头来读第二遍，而在这一遍里，那个凶手的一颦一笑，一个动作一点掩饰，以及作者既要使其性格连贯又不能泄露其身份的努力，会显得如此精妙，如此富于戏剧特有的张力。说句公道话，要演好这样的角色——既要表现性格，又不能泄露天机——实在不是件容易的事。

　　翻译《捕鼠器》的过程，也不如想象中那么容易。我在以下两方面的努力也许值得提一笔：其一，该剧完全在同一场景中发生，因此舞台上的走位显得极其重要，而英语中代表方向的副词和介词又往往存在众多歧义，所以在把握那些琐碎而精细的舞台说明（哪扇门通哪一道楼梯、哪个演员往哪边绕圈……）时，颇费了一些周折。其二，戏剧是拿来演的，台词是拿来念的，所以我经常一边下笔一边朗读，颇有些"自说自话"的架势。如果落实到具体的表达技巧，那么或许可以这样概括：一些长句和容易产生歧义的句子，我都在自认为合宜的范围内尽量做了口语化的处理。这一次，对于人物语言之"可听性"的推敲，我花的心思，要比以前翻译的所有小说都更多些。

译者

二〇〇七年五月

图书在版编目(CIP)数据

捕鼠器 /(英)克里斯蒂(Christie, A.)著;黄昱宁译. 一上海:上海译文出版社,2012.4(2023.5重印)(译文经典)

书名原文:The Mousetrap

ISBN 978 - 7 - 5327 - 5763 - 3

Ⅰ.①捕… Ⅱ.①克… ②黄… Ⅲ.①侦探小说-英国-现代 Ⅳ.①I561.45

中国版本图书馆 CIP 数据核字(2012)第 035109 号

图字:09 - 2006 - 824 号

捕鼠器

〔英〕阿加莎·克里斯蒂 著 黄昱宁 译

责任编辑/冯 涛 装帧设计/张志全工作室

上海译文出版社有限公司出版、发行

网址:www.yiwen.com.cn

201101 上海市闵行区号景路 159 弄 B 座

山东临沂新华印刷物流集团有限责任公司印刷

开本 787×1092 1/32 印张 6.25 插页 5 字数 56,000

2012 年 4 月第 1 版 2023 年 5 月第 5 次印刷

印数:24,001 - 26,000 册

ISBN 978 - 7 - 5327 - 5763 - 3/I·3409

定价:67.00 元